绘诗经

呼葱觅蒜 绘
张敏杰 编

CNS PUBLISHING & MEDIA 中南出版传媒
湖南文艺出版社 HUNAN LITERATURE AND ART PUBLISHING HOUSE
博集天卷 CS-BOOKY

绘诗经

论诗未觉国风远

——《绘诗经》引言

《诗经》，永恒的古老诗篇，共同的精神家园。

《诗经》，我国最早的一部诗歌总集，最初作《诗》，因有三百零五篇而省称“三百篇”，春秋战国时常常语之曰“《诗》三百”。孔子的儒家学派以《诗》为教本，与《书》《礼》《易》《春秋》《乐》一起通称“六经”。时至汉代，始加“经”字而称“诗经”，以彰显这一典籍的重要，表其有神圣的价值和地位。

自西周至东周的春秋中叶，在长达五百多年的时间里，诗集大概历经三次较大规模的编集整理——第一次在昭王、穆王时代，第二次在宣王中兴之时，第三次在东迁的平王时期，其后仍有少量增补。时至鲁襄公二十九年（前544），吴国公子季札出使鲁国，请求聆听观看周朝的音乐和舞蹈，鲁国乐工歌唱表演的内容和次序，与流传至今的《诗经》已大体相当。孔子当在这个集子的基础上予以编订和整理。

编录在《诗经》的作品全为乐歌。周代上承上古及夏商文明，及至周公三年东征再次克殷基本完成统一大业，治定而制礼，功成以作乐，开创出“郁郁乎文哉”的灿烂文化。西周专门设置乐官以“乐德”（品德的标准）、“乐语”（入乐的诗歌）和“乐舞”（合乐的舞蹈）来教育贵族子弟。诗歌、音乐和舞蹈三者合为一体，既是古已有之的大传统，又是西周礼乐文化的组成部分。即便有所谓的“徒诗”——

不配乐，只诵读，想必音声琅琅的主场景，亦不全在庠校、书斋内，而在庙堂上，燕饮时，礼仪举行之际。

诗言志，歌永言。可以想见在遥远的那个年代，篇章字句大都被之钟鼓管弦，发之音声，手之舞之，足之蹈之，时有乐律、舞姿相伴。诗的最初状态，不是孤独个体的案头读物，而是一场群体参与的文教盛典。在大司乐职掌的乐师的教引下，诗句、曲调和动作姿态同频共振，合乎阴阳律吕，节奏有疾有徐，或高或下；音声有清有浊，或抑或扬。歌诗如风，沨沨而入，鼓荡着胸襟，激扬起情志，置身“毋不敬”“思无邪”的精神场域中，人的心神气质会在不知不觉中转化、改变和升华。

这是诗的伟力，且无可替代。

昔日的诗在礼乐制度下，神理共契、政序相参，很是“热闹”。不学诗，无以言。时人诵诗三百，要授之以政，或赋诗言志，顺美匡恶；学者或以《诗》证史，或引《诗》证事，甚而出现过以灾异祥瑞解诗的思想运动。在社会功能上能让个体“兴、观、群、怨”，在人伦政治上“迩之事父，远之事君”，《诗》最不济还可多识鸟兽草木之名，有博物多闻之益。

古今不同。在现代，《诗经》已是相对“冷清”的古典文本。它退守到大学殿堂成为深奥的专门之学，语词笺注，分章析句，考索辨正一番后，文脉方可略通，诗意稍得仿佛。还好，诗学早已不在利禄之路上行进，不受秦火焦土的思想钳制，以其“无用”或有大用。

曾经相伴相随的音乐隐退了，舞蹈消歇了，只留下默默记忆古老历史、坚守经学价值的孤独的《诗》。虽然还有音乐诗人能演绎出柔美空灵的《在水一方》，还有《无衣》在古装剧中高唱，但也只是老歌的新唱，古风的余绪。幸好，我们还有绘画，还有新艺术样式的助力。

按徐复观先生的考察，中国的诗画融合经过了相当长的历程。从不题写在画面上的题画诗（以“诗圣”杜甫和诗画兼工的王维最著名最有影响力），到以诗为画的题材，再到以作诗的方法来作画（如宋代李公麟深得杜甫作诗体制，并迁移至绘画艺术创作中）。此前虽有晋明帝的《毛诗图豳诗七月图》，以《诗经·豳风·七月》为题材，因无取资于诗作的艺术性，故而对绘画艺术的发展没有太大影响。时至北宋，尤其经苏轼、黄庭坚等人的论说，画与诗在精神观念和实际操作层面的融合已经成为整个时代的共识。

绘画讲求“文”，付诸视觉，终究是“看见”的艺术，而诗言志，诗缘情，表达的是志意和情感，长于“质”——在文辞真实自然的前提下来感动人。两者在美的性格上有所不同，正如徐复观先生所言，绘画作品常常表现为“冷澈之美”，而诗则为“温柔之美”。诗是无形之画，我们当事诗如画；画又是不语、无声之诗，我们更当品画如诗。

说是诗画融合，诗很早都在，一直都在，且有不可撼动的经典价值，当然要以画为主，主动靠近。今天，新起的画师已经在路上，以“国风”为题材，让我们再一次“看见”《诗》。

《诗经》编为《风》《雅》《颂》三部分。其中《风》，又称“国风”，分十五国风，计一百六十篇；《雅》，分《小雅》《大雅》，《小雅》七十四篇，《大雅》三十一篇，计一百零五篇；《颂》，分《周颂》《鲁颂》《商颂》，《周颂》三十一篇，《鲁颂》四篇，《商颂》五篇，计四十篇。简而言之，《雅》是朝会和贵族礼仪燕享的乐歌，《颂》为宗庙祭祀的乐歌。下面，重点来谈一下《国风》。

国风，在战国时称“邦风”。国、邦皆表特定的地区，既有诸侯所封之域，例如郑、齐、秦等；又有周王属地，例如周、召、豳等。风，是土风，即风土之音，地方乐调。

早在夏商之际，偏居西北一隅的周族，与占据中原地区的夏、商等族相比，还是远远落后的一方，甚至被视为粗野不文的戎狄。在部族领袖公刘的率领下，周人不以所居为居，不以所安为安，振作有为，迁都至豳，整治田疆，积储粮食，巩固扩大国家疆域。周道之兴，自此开启。及至文王，周虽为殷商的属国，已然册命为西伯，向西用兵伐犬戎、密须，继而东进征伐耆、邘、崇等中原诸国。武王遵文王灭商遗志，推翻殷商中央政权而建立新的王朝。

周代施行封邦建国的分封制，受封的诸侯大致分为两种：一是先代和功臣之后。如在周担任陶正（掌制作陶器的官）的阏父，为虞舜之后，其子胡公受封于陈，是为陈国的始祖；而黄帝、帝尧、夏禹之后，则分别封于祝、黎和杞；开国有功的异姓也得到了分封，如姜尚封于营丘，建立齐国。二是同姓亲属。例如武王把同母弟管叔、蔡叔、霍叔分封于殷商故地的王畿地区，设立“三监”以对旧有势力加强监督控制。商朝王畿一分而为卫、鄘、邶三部。

据载，自武王、周公至成王共分封七十一国，至宣王时还封其弟友于郑，建郑国。据说整个西周时期的国家有数百之多，到春秋时见诸史册的还有一百四十多个国。《诗经》中的“十五国风”，即十五个邦国和地区的地方乐歌。十五国，包括当时中国的绝大部分地域，主要集中在黄河流域，并向南扩展到江汉流域，即今天的陕西、山西、河南、河北、山东，以及湖北北部。

一邦一国，既是共时的地缘空间，各国地理因素有所差异，方言土风不同；又是历时的共通的文化精神的载体，虽世异语变，世变风移，但也在相当长的时段内保持“自我”的稳定性。例如邶、鄘和卫三者在地理地域上前后交错相重，但各自的地方乐调特色鲜明，旧章不可乱，依然析分为三组，称“邶风”、“鄘风”和“卫风”。

大自然的风，或微风拂面，或大风起兮，它是流动的，视而不见，却能风行天下，无孔不入，有惊人的力量。从政教的角度来看，“风”有风动、教化之义。地方的民风民情通过歌诗的形式，可讽谏王政缺失（“下以风刺上”），反之，王政亦以之推行教化（“上以风化下”）。风，大了看是一国之事，小了看又关乎一身之感——男女咏歌，各言其情。正是经由“风”，个体生命的日常生活和施行政令的庙堂朝廷上下相接，心志和合，使得政治共同体一气贯注，可有亨泰谐美之期。

至今还记得儿时入于耳的歌谣，那是自己的妈妈和其他妈妈在路灯下纳鞋底时拿来“打趣”我以及其他小子的：“麻衣雀，尾巴长，娶个媳妇不要娘；把娘背到山后头，媳妇住在炕头上；韭菜叶，调酸汤，媳妇媳妇你先尝……”麻籽，亮黑色，麻衣当谓鸟的羽色；雀，方言发“俏”的音；麻衣雀，当指喜鹊，年轻俊俏，活蹦乱跳。想想，那时妈妈哼起这首“古话”，大概在以之对我们弟兄三个进行“刺戒”教育吧。妈妈的娘家在沁河北岸，古称孝敬里。据说地名与楚汉相争时平定河内以奉行孝道著称的司马卬有渊源。若再往前推，依十五国风来划分，这里距洛阳不算远，古谣古歌大略可归属在“王风”。我曾把“麻衣雀”当成故事讲给自己的孩子，他像当年的我一样，似懂非懂乐呵一下就跑开了。今天虽不再强求什么温柔敦厚之类的诗歌，但还是愿意类似的“古话”“古谣”能随风潜入，在他们这一代的心田里或多或少留下一点痕迹，不求专对，但求能“不愚”。

《国风》列于《诗经》之首，作品数量过半，有独特的地位和价值。自古以《国风》与《离骚》并称，华夏代有才人，莫不以“风骚”为祖。本书以《国风》一百六十篇为着手处，一诗一画，画融诗意又别开新境。画师是科班出身，灵秀，青春，有朝气，属行家里手，创构空间、拟造物象慧心独具，启予者甚多。

空间布置淡雅悠远，人物造形无其脸而有其魂，幻化而出的器皿，件件精美，承载着皎然可品的“美味”：山水草木、鸟兽虫鱼以及人世万象。如此妙笔点染“故纸堆”，燃出新光芒，照亮了古老的诗篇。古风不古，真后生可畏。广大读者尤其是年轻的一代，若以此为津梁，爱上传统，喜读经典，进而研精诗旨，沉潜反复，同样有“告诸往而知来者”之功（《论语·学而》）。当然，《诗经》作为历史记忆和文学遗产，其中的名物考辨，还当以文字为准。

元祐三年（1088 年），黄庭坚在《〈老杜浣花溪图〉引》一诗中就一副画卷，叙写大诗人杜甫流落成都时的生活场景和精神状态：诗人因战乱而寓居在浣花溪畔，虽有友人青睐，亦颇受照顾，生活依然清苦，但即便破衣烂衫，也不忘探究治国修身之道，更未在诗艺精进的路上稍有停歇——“探道欲度羲皇前，论诗未觉国风远”。黄庭坚深觉眼前这幅画作，一定能让后来的诗人们拜服礼敬的。其中理由，我想，不仅是绘画的技艺有多精妙，多炫目，而是画中的老杜与更老的诗人们相亲相近，有着共通的精神血脉。

诗人们，读者们，不远“国风”而亲近之，虚心涵泳，切己省察，自然能作育滋养出一颗用世之心，高尚其事，即如老杜一样，便是在醉中也会眉攒生民之忧、天下之愁，最终能振起广大气象。

此书有画，又有诗——已略作解题和注释。诗在远方，又在眼前；三百篇古老，而又年轻。我相信，我们的心源深处同样具足一股伟力，借助看得见的画意，体认歌者诗人的当时意思，领会往圣编“诗”成册，前贤训诂集传的苦心孤诣，能在流观泛览、赏析吟哦中收获一番自家道理。

微雨从东来，好风与之俱。唯愿与诸位相勖勉。

张敏杰

序于首都师范大学文学院

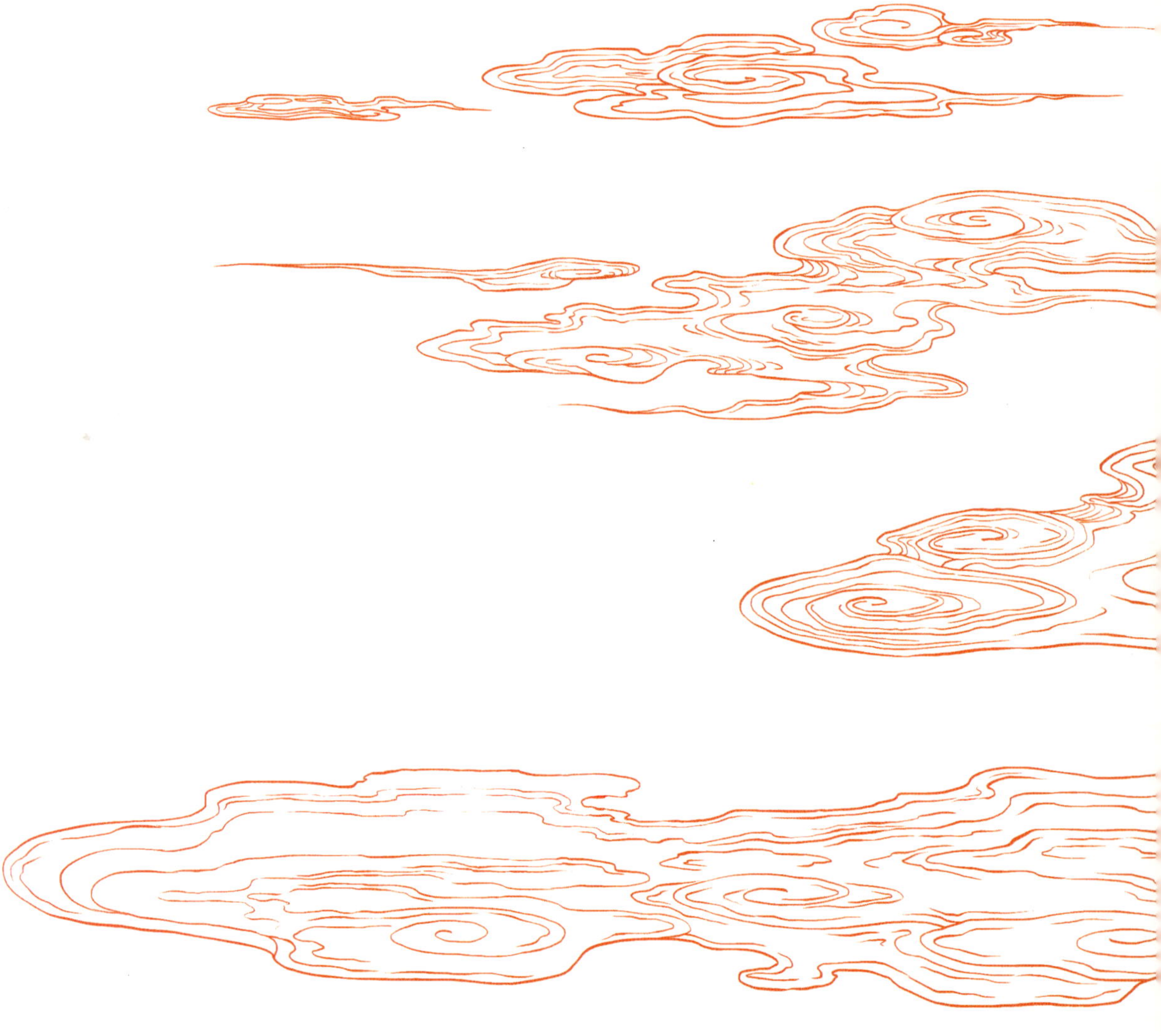

绘诗经

目录

周南

召南

邶风

鄘风

卫风

王风

郑风

齐风

魏风

唐风

秦风

陈风

桧风

曹风

豳风

周南

周，为古部族名，亦为国号，始祖为后稷。至古公亶父时，迁居于岐山之南，新都为周原。武王克商后建立了周朝，自丰邑迁都于镐京，因周为天下所宗，王都所在之地，称为“宗周”。其后，成王为对广大的东方地区加强统治，防止殷商贵族叛乱，在伊洛地区营建新邑作为东都，称为“成周”。周公长期留守成周，主持东都政务，治理四方。周南，即为周公治下的区域，包括今河南、湖北的一部分。

《周南》共十一篇。有的作品产生在旧周之地，王公贵族用为“房中正乐”或“乡乐”。周公为推行文王教化，曾将这些作品推广至向南新开拓的广大地区。作品多颂美周德之化，自古以来一直被视为中正和平之音，是“正风”的典型。

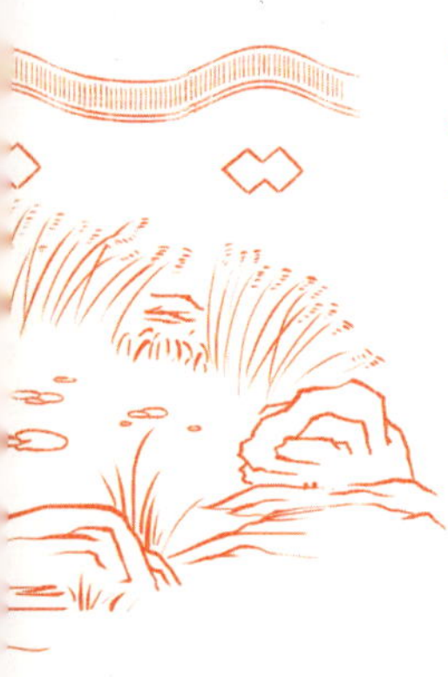

关雎

关雎

关关雎鸠，在河之洲。窈窕淑女，君子好逑。

参差荇菜，左右流之。窈窕淑女，寤寐求之。

求之不得，寤寐思服。悠哉悠哉，辗转反侧。

参差荇菜，左右采之。窈窕淑女，琴瑟友之。

参差荇菜，左右芼之。窈窕淑女，钟鼓乐之。

此诗为贵族阶层青年男女间的情诗，是结婚典礼的乐歌。作品温润娴雅，从窈窕好逑到琴瑟和睦，音声义涵皆中正和平。

• 关关：鸟鸣声。• 雎鸠：水鸟名，据说此鸟生有定偶而不相乱，雌雄一起出游时不相狎，古人称之为贞鸟。• 洲：水中的沙滩陆地。• 窈窕：美心为窈，美状为窕，合而言之谓美好。• 淑：女子贤良贞静。• 逑：配偶。• 参差：长短不齐貌。• 荇（xìng）菜：多年生水草，嫩茎可食。• 流：摘取。• 寤：醒着。• 寐：睡着。• 思：语助词，无实义。• 服：思念。• 琴瑟：两者皆为古乐器，琴为七弦，瑟为二十五弦，常在一起合奏。• 友：亲爱，亲近。• 芼（mào）：择取。• 乐之：使之快乐。

葛覃

葛覃

葛之覃兮，施于中谷，维叶萋萋。
黄鸟于飞，集于灌木，其鸣喈喈。

葛之覃兮，施于中谷，维叶莫莫。
是刈是濩，为絺为绤，服之无斁。

言告师氏，言告言归。薄污我私，
薄浣我衣。害浣害否？归宁父母。

从采葛煮葛到织布成衣，再到浣洗衣物，以焕然一新的面貌告归省亲，这首诗以此为线索，叙写一位妇女的生活场景，忙碌之中有欢悦。

● 葛：多年生藤本植物，葛皮纤维可织成布。● 覃：蔓延，延伸。● 施（yì）：延及。● 中谷：谷中。● 维：句首发语词。● 萋萋：茂盛貌。● 黄鸟：黄雀。● 喈喈：和鸣之声。● 莫莫：茂密貌。● 刈（yì）：收割。● 濩（huò）：煮。● 絺（chī）：细葛布。● 绤（xì）：粗葛布。● 服：穿上。● 斁（yì）：厌弃。● 言：发语词，无实义。● 师氏：教导女子的保姆。● 归：归宁，回娘家看望父母。● 薄：动词前的语助词。● 污：洗去污垢。● 私：贴身的衣服，内衣。● 浣：洗衣。● 害（hé）：何。● 归宁：回娘家省亲问安。

卷耳

卷耳

采采卷耳，不盈顷筐。嗟我怀人，寘彼周行。

陟彼崔嵬，我马虺隤。我姑酌彼金罍，维以不永怀。

陟彼高冈，我马玄黄。我姑酌彼兕觥，维以不永伤。

陟彼砠矣，我马瘏矣，我仆痡矣，云何吁矣。

一位贵族女子甚为感念远行的丈夫，又推想他必定忧劳不已，想象彼此融为一体以成诗。

● 采采：采了又采。● 卷耳：野菜名，又名苍耳、苓耳。● 顷筐：前低后高的斜口浅筐。● 嗟：语助词。● 怀：思念。● 寘（zhì）：放置。● 周行（háng）：大路。● 陟（zhì）：登，升。● 崔嵬（wéi）：有石的土山。● 虺隤（huītuí）：疲极而病，这里形容马的疲病。● 姑：姑且，暂且。● 酌：斟酒。● 金罍（léi）：青铜制成的盛酒器皿。● 维：发语词。● 永：长。● 玄黄：马因病而毛色由黑变黄。● 兕觥（sìgōng）：酒器，形似伏卧的犀牛。● 砠（jū）：有土的石头山。● 瘏（tú）：疲极而致病。● 痡（pū）：疲惫不堪。● 云：语助词，无实义。● 吁：忧伤。

樛木

樛木

南有樛木，葛藟累之。乐只君子，福履绥之。

南有樛木，葛藟荒之。乐只君子，福履将之。

南有樛木，葛藟萦之。乐只君子，福履成之。

以葛藤萦绕樛木，喻夫唱而妇随，贺新婚，祝祷新郎福气日增。

● 樛（jiū）：树木向下弯曲。● 葛藟（lěi）：葛蔓。● 累：攀缘，缠绕。● 只：语气词，犹“哉”。● 福履：福气，禄位。● 绥：安定，安宁。● 荒：掩，覆盖。● 将：扶持，扶助。● 萦：缠绕。● 成：成就。

螽斯

螽斯

螽斯羽，诜诜兮。宜尔子孙，振振兮。

螽斯羽，薨薨兮。宜尔子孙，绳绳兮。

螽斯羽，揖揖兮。宜尔子孙，蛰蛰兮。

据说螽斯一生九十九子，诗人以此起兴，祝祷子孙兴旺。

● 螽（zhōng）斯：昆虫名，产卵极多，繁殖能力强。● 诜诜：众多貌。● 尔：你，这里指受贺之人。● 振振：众多成群貌，或言振奋有为。● 薨薨：昆虫群飞之声。● 绳绳：众多貌，或言戒慎。● 揖揖：会集，众多。● 蛰蛰：和集貌，或言安静。

桃夭

桃夭

桃之夭夭，灼灼其华。之子于归，宜其室家。

桃之夭夭，有蕡其实。之子于归，宜其家室。

桃之夭夭，其叶蓁蓁。之子于归，宜其家人。

桃花盛美，子实繁多，诗以此起兴，诗祝贺新娘美满幸福。

• 夭夭：木少壮美盛貌。• 灼灼：鲜艳盛开。• 华：花。• 于归：出嫁。• 室家：与下文的“家室”，皆指配偶、夫妇。• 有蕡（fén）：犹“蕡蕡”，形容果实繁盛硕大。

兔罝

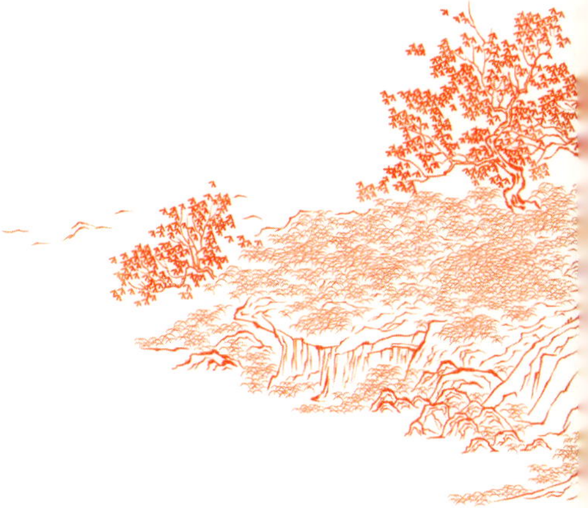

兔罝

肃肃兔罝，椓之丁丁。赳赳武夫，公侯干城。

肃肃兔罝，施于中逵。赳赳武夫，公侯好仇。

肃肃兔罝，施于中林。赳赳武夫，公侯腹心。

诗人赞美猎人威武有力，比作干城、心腹，以捍卫邦国。

• 肃肃：即“缩缩”，网目细密貌。• 罝（jū）：捕兔的网。• 椓（zhuó）：敲击，捶打，这里指把木桩敲打入地，以固定捕网。• 丁丁：拟声词，击打木头之声。• 干：盾。干与下文的城皆用以防卫，这里喻捍卫者。• 逵：四通八达的大路。• 仇（qiú）：同“逑”，同伴，助手。• 林：野外。• 腹心：犹“心腹”，亲信。

芣苢

芣苢

采采芣苢，薄言采之。采采芣苢，薄言有之。

采采芣苢，薄言掇之。采采芣苢，薄言捋之。

采采芣苢，薄言袺之。采采芣苢，薄言襭之。

这是一首劳动者唱出的短歌，描绘妇女们采集车前草的情形。

• 采采：采之又采。• 芣苢（fúyǐ）：车前草。• 薄：语助词，含劝勉之意。• 有：采取。• 掇：拾取。• 捋（luō）：以手握物，顺势扯取。• 袺（jié）：手提衣襟以兜东西。• 襭（xié）：把衣襟掖系在腰带间以兜东西。

汉广

汉广

南有乔木，不可休思。汉有游女，不可求思。
汉之广矣，不可泳思。江之永矣，不可方思。

翘翘错薪，言刈其楚。之子于归，言秣其马。
汉之广矣，不可泳思。江之永矣，不可方思。

翘翘错薪，言刈其蒌。之子于归，言秣其驹。
汉之广矣，不可泳思。江之永矣，不可方思。

一个男子爱慕女子，求而不得，于是作诗以自叹。

• 乔：高大。• 休：休息。• 思：语末助词，无实义。• 汉：水名，汉水。• 游女：出游的女子。• 永：长。• 方：乘竹木制成的筏子以渡水。• 翘翘：高出貌。• 错：错杂。• 薪：木柴，柴草。• 言：乃。• 刈（yì）：割。• 楚：荆条。• 之子：这个人。• 于归：出嫁。• 秣：喂马。• 蒌（lóu）：蒌蒿。

汝坟

遵彼汝坟，伐其条枚。未见君子，惄如调饥。

遵彼汝坟，伐其条肄。既见君子，不我遐弃。

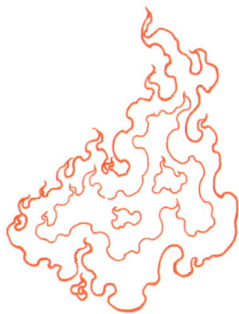

鲂鱼赪尾，王室如毁。虽则如毁，父母孔迩。

王室施行暴政，丈夫只能远役在外，妻子只得在汝水边上劳作砍柴，于是乎她在诗中寄寓痛切的思念和深沉的忧虑。

• 遵：循，沿着。• 汝：水名，汝水。• 坟：通“渍”，堤岸。• 条：树枝。• 枚：树干。• 惄（nì）：忧思难过。• 调饥：早上饥饿思食。调，通“朝”。• 肄（yì）：砍伐之后再生的枝条。• 遐弃：远弃，这里意谓远离。• 鲂（fáng）：鳊鱼。• 赪（chēng）：赤色。• 毁：烈火烧。• 孔：甚。• 迩：近。

麟之趾

麟之趾，振振公子，于嗟麟兮。

麟之定，振振公姓，于嗟麟兮。

麟之角，振振公族，于嗟麟兮。

以一首喜庆的颂美诗，祝愿公族子嗣盛多。

麟：麒麟，传说中的仁瑞之兽，鹿身，牛尾，马蹄，一角。 趾：或作“止”，蹄子。 振振：多而成群，或振奋有为貌。 于（xū）嗟：感叹词，表赞美。 定：通“顶”，额头。

召南

召，古通“邵”，古邑名，在今陕西岐山西南，为武王之弟姬奭的封邑，是为召公。召公在成王时任太保，与周公旦分陕（今河南峡县西南）而治。陕以西由召公治理，陕以东由周公主政。召南，指召公治下的南方诸侯国，区域已达长江流域。

《召南》共十四篇。《周南》《召南》，并称“二南”。作品产生的时间自西周前期至春秋前期，前后共几百年时间，既有周土的旧歌谣，又杂以南国地区的新作。因周公假天子之礼乐，所采之风称“王者之风”，《周南》故而居首；《召南》则为“诸侯之风”，由此居其次。

鹊巢

鹊巢

维鹊有巢，维鸠居之。之子于归，百两御之。

维鹊有巢，维鸠方之。之子于归，百两将之。

维鹊有巢，维鸠盈之。之子于归，百两成之。

女子出嫁，进而居住到夫家，诗人以“鸠居鹊巢”为比为兴，颂美婚姻关系的缔结。男方盛情迎接，可见典礼之隆重。

• 维：语首助词。• 居：居住。鸠不会筑巢，常占据鹊的巢而居之。• 之子：这个人。• 于归：出嫁。• 百：虚数，言其多。• 两：通“辆”。• 御（yà）：通“迓”，迎接。• 方：占有。• 将：护送。• 盈：满，住满，这里谓陪嫁的人多。• 成：婚礼礼成。

采蘩

采蘩

于以采蘩？于沼于沚。于以用之？公侯之事。

于以采蘩？于涧之中。于以用之？公侯之宫。

被之僮僮，夙夜在公。被之祁祁，薄言还归。

这是一首描绘妇女为公侯养蚕，参加宗庙祭祀活动的乐歌。

• 于以：犹言在哪里，到哪里。• 蘩（fán）：白蒿，可用于养蚕，亦可作祭祀之用。• 沼：池。• 沚：水塘。• 涧：两山间的水流。• 宫：蚕室，宗庙。• 被：通“髲”，以假发梳成的高髻。• 僮僮：高耸貌。• 夙夜：早晚。• 在公：为公家做事。• 祁祁：众多貌。

草虫

甘棠

蔽芾甘棠，勿翦勿伐，召伯所茇。
蔽芾甘棠，勿翦勿败，召伯所憩。
蔽芾甘棠，勿翦勿拜，召伯所说。

人们追思周宣王时的大臣召伯的功劳政绩，由此作诗以颂美之。

● 蔽芾（fèi）：树木茂盛貌。● 甘棠：棠梨树。● 召（shào）伯：召穆公，姓姬，名虎，西周初召公奭的后人。● 茇（bá）：住宿。● 败：摧毁。● 憩：休息。● 拜：通“扒”，拔掉。● 说：通“税”，停马解车而歇息。

行露

行露

厌浥行露，岂不夙夜，谓行多露。

谁谓雀无角，何以穿我屋？谁谓女无家，

何以速我狱？虽速我狱，室家不足！

谁谓鼠无牙，何以穿我墉？谁谓女无家，

何以速我讼？虽速我讼，亦不女从！

女子自述己志，在诗中反词诘问拒斥自己不中意的这个男人，誓言即便闹到打官司的地步，也要抗争到底。

● 厌浥（qiyi）：潮湿貌。厌，通“湆”；幽湿。● 行：道路。● 夙夜：早晚，这里有早起赶路之意。● 谓：犹“唯”，发语词。● 角：鸟嘴。● 女：通“汝”，你。● 无家：没有妻室。● 速：招致。● 狱：争讼，打官司。● 不足：不成功。● 墉：墙壁。● 讼：争讼，打官司。● 女从：即“从汝”，顺从你。

羔羊

羔羊之皮，素丝五紽。退食自公，委蛇委蛇。

羔羊之革，素丝五緎。委蛇委蛇，自公退食。

羔羊之缝，素丝五总。委蛇委蛇，退食自公。

官老爷们身穿小羊皮制成的袄，在朝廷公门享用过了膳食，步履不慌不忙，洋洋自得。

● 素丝：未经染色的白色丝。● 紽（tuó）：古时以五丝为紽。四紽为緎，四緎为总。● 退食：指公卿大夫在朝廷上吃过饭后回家。● 公：公门，朝廷。● 委蛇（wēiyí）：走路从容自得貌。● 缝：衣服缝制合身得体。

殷其雷

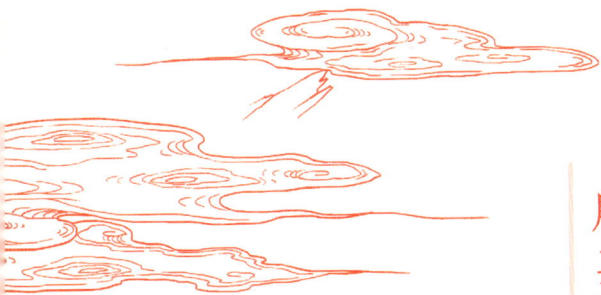

殷其雷

殷其雷，在南山之阳。何斯违斯，莫敢或遑？
振振君子，归哉归哉！

殷其雷，在南山之侧。何斯违斯，莫敢遑息？
振振君子，归哉归哉！

殷其雷，在南山之下。何斯违斯，莫或遑处？
振振君子，归哉归哉！

一位女子思念在外的丈夫，期盼他早日回家。

● 殷：雷震之响。● 其：语助词，无实义。● 阳：山的阳坡，即南面。● 何斯：为何在这个时间。● 违斯：远离这里。● 或：有。● 遑：闲暇。● 振振：勤奋有为貌。● 息：喘息。● 处：安居。

摽有梅

摽有梅

摽有梅，其实七兮。求我庶士，迨其吉兮。

摽有梅，其实三兮。求我庶士，迨其今兮。

摽有梅，顷筐塈之。求我庶士，迨其谓之。

酸甜的梅子一一落地，而青春也在流逝，一位待嫁的女子心直口快，勇敢泼辣，歌咏出自己的渴望和热盼：早日成就一份姻缘吧。

• 摽（biào）：落。• 有：语助词，无实义。• 实：果实。• 七：七成。此句谓树上未落的梅子还剩七成。• 庶：众。• 士：未婚男子。• 迨（dài）：趁着。• 吉：吉日。• 今：今天，意谓无须等到吉日了。• 塈（jì）：取。• 谓：通“会”，聚会。

小星

嘒彼小星，三五在东。肃肃宵征，夙夜在公。寔命不同！

嘒彼小星，维参与昴。肃肃宵征，抱衾与裯。寔命不犹！

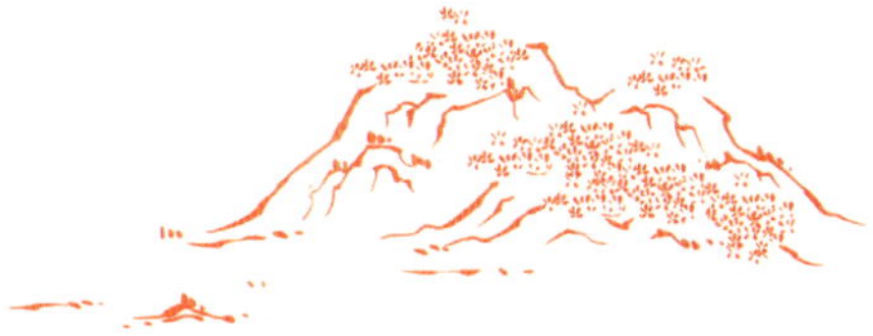

点点星光之下，赶着夜路，为的还是给公家办差。在诗中，这位小官吏一方面自表勤苦，一方面又嗟叹自己命运不济。

• 嘒（huì）：微光闪烁。• 三五：虚数，言星辰的稀少寥落。• 肃肃：迅疾貌。• 宵征：夜色中赶路。• 夙夜：早晨和夜晚，这里谓大早上。• 在公：为公家办事。• 寔：同“是”，这。• 参（shēn）：与下文的昴（mǎo）皆为星宿名，即上文所言的“三五在东”。• 衾（qīn）：被子。• 裯（chóu）：床帐。• 不犹：不如，不似，意谓不似他人那么好。

江有汜

江有汜

江有汜，之子归，不我以。不我以，其后也悔。

江有渚，之子归，不我与。不我与，其后也处。

江有沱，之子归，不我过。不我过，其啸也歌。

弃妇遭到了抛弃，自然生出哀怨嗟叹之意，而在情感上又放不下，盼着心上人回心转意，最后不得已长啸歌吟，聊以自慰。

• 江：长江。• 汜（sì）：由主流分出，又汇入主流的水。• 之子：指丈夫的新欢。• 归：嫁来。• 以：用。此句意谓不需要我了。• 后：将来。• 也：语中助词，表停顿。• 渚：江中的小沙洲。• 与：和，同。• 处：居处，这里谓居住在一起。• 沱：长江的支流。• 过：过访，这里谓到我这里来。• 啸：撮口作声。

野有死麇

野有死麇

野有死麇，白茅包之。有女怀春，吉士诱之。
林有朴樕，野有死鹿。白茅纯束，有女如玉。
舒而脱脱兮，无感我帨兮，无使尨也吠。

青年男女的爱恋和相会，情境情绪总是那么幽婉动人。

● 麇（jūn）：獐子。● 白茅：一种洁白柔滑的草。● 吉士：犹言善士，对男子的美称。● 朴樕（sù）：丛生杂木。● 纯（tún）：捆，包。● 舒：舒缓，迟缓。● 脱脱：从容缓慢。● 感：通“撼”，动。● 帨（shuì）：女子的佩巾。● 尨（máng）：多毛的猛狗。

何彼襛矣

“钓”字在《诗经》中出现了四次。钓，意谓用钓具从水里获取水生动物，鱼当然是最主要的，也是最重要的。《诗经》提到大小不一各种各样的鱼类，多达四十多次。鱼，作为诗的兴象、意象，有实写的，也有象征意义的。鱼，可象征丰收和富庶，本身还有配偶、情侣之义，隐含生殖崇拜的意味。钓鱼之“钓”，由此亦有特定的内涵。持竿河畔，当然是为了得到鱼，亦好比一个女子到了年龄等待聘礼成婚成家一样。

何彼襛矣

何彼襛矣，唐棣之华？曷不肃雝？王姬之车。

何彼襛矣，华如桃李？平王之孙，齐侯之子。

其钓维何？维丝伊缗。齐侯之子，平王之孙。

周王室的女儿下嫁诸侯，尽显华贵的气派和雍容的景象。

• 襛（nóng）：繁盛鲜艳貌。• 唐棣（dì）：亦作"棠棣"，树名。• 华：古"花"字。• 曷：何。• 肃雝：肃正，和谐。• 王姬：周天子女儿的称号。• 平王：周平王。• 孙：孙女。• 齐侯：齐国君主。• 钓：钓鱼的工具。• 伊：同"维"，语助词。• 缗（mín）：钓鱼的丝绳。

驺虞

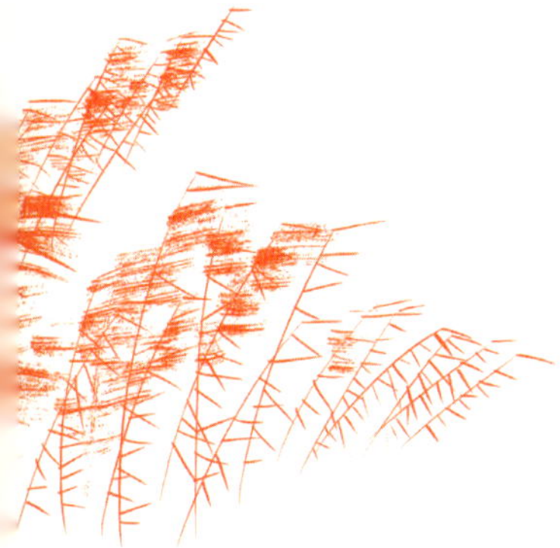

驺虞

彼茁者葭，壹发五豝，于嗟乎驺虞！

彼茁者蓬，壹发五豵，于嗟乎驺虞！

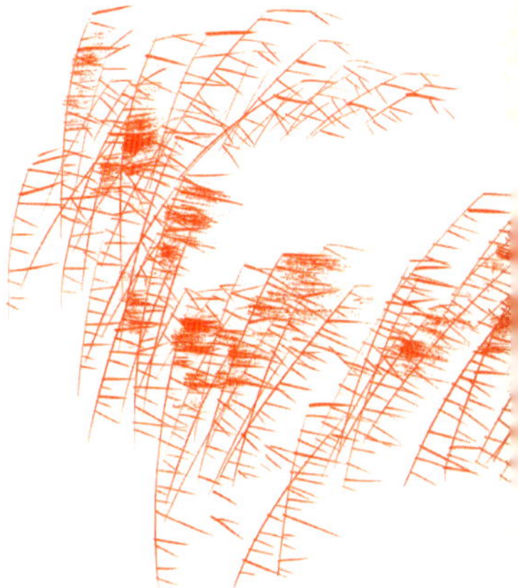

这首短歌赞美了技艺非凡的射手。

• 茁：草刚长出地面。• 葭：初生的芦苇。• 壹：发语词，无实义。• 发：射箭。• 豝（bā）：两岁的小猪。• 于嗟乎：表赞叹。于，同“吁”。• 驺（zōu）虞：周天子的掌管马匹兽类的官员。• 蓬：蓬草，干枯后随风飞旋飘荡，又称“飞蓬”。• 豵（zōng）：一岁的小猪。

邶风

周武王灭商后，封纣王之子武庚为殷侯，仍留在商之旧都区域；把商的王畿区域一分为三，设立“三监”以就近监督统治：以殷都以南为卫，由管叔监之；殷都以东为鄘，由蔡叔监之；殷都以北为邶，由霍叔相武庚而监之。

邶，在殷都朝歌（今河南淇县）之北，地域大致相当于今山西东南边缘、河南北部、河北南部，以及中部部分地区。《邶风》共十九篇。

柏舟

柏舟

泛彼柏舟，亦泛其流。耿耿不寐，如有隐忧。微我无酒，以敖以游。

我心匪鉴，不可以茹。亦有兄弟，不可以据。薄言往愬，逢彼之怒。

我心匪石，不可转也。我心匪席，不可卷也。威仪棣棣，不可选也。

一个正直的臣属在诗中抒写对时局国政的忧虑和人生困境的烦闷。也有说法认为是妇女凄怨之作。

● 柏舟：以柏木制成的舟。● 流：河流。● 耿耿：烦躁心焦。● 如：乃，而。● 隐忧，深忧。隐，或作“殷”。● 微：非。● 敖：同“遨”。● 匪：通“非”。● 鉴：铜镜。● 茹：容纳。● 据：依靠。● 薄：语助词。● 愬（sù）：同“诉”。● 转：转动，滚动。● 棣棣：雍容娴静貌。● 选：通“算”，计数。

忧心悄悄，愠于群小。觏闵既多，受侮不少。

静言思之，寤辟有摽。

日居月诸，胡迭而微？心之忧矣，如匪浣衣。

静言思之，不能奋飞。

悄悄：愁闷貌。愠：怨，怒。群小：众小人。觏（gòu）：通“遘”，遇见。闵：忧患。静：仔细。言：语助词。辟：通“擗”，捶胸。摽（biào）：拊心，捶胸。居：与下文的诸均为语助词，无实义。胡：何，为什么。迭：更迭。微：昏暗不明。

绿衣

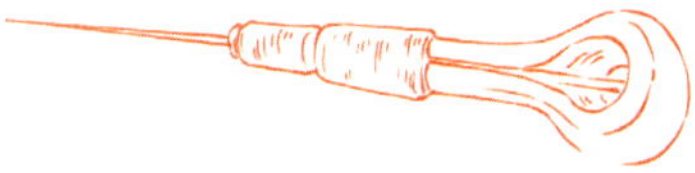

绿衣

绿兮衣兮，绿衣黄里。心之忧矣，曷维其已！

绿兮衣兮，绿衣黄裳。心之忧矣，曷维其亡！

绿兮丝兮，女所治兮。我思古人，俾无訧兮！

絺兮绤兮，凄其以风。我思古人，实获我心！

丈夫在这首诗中以衣裳为主线来悼念亡妻。

• 里：衣服的衬里。• 曷：何。• 维：助词。• 其：代指忧思。• 已：止。• 裳：下身的衣服。• 亡：通“忘”，忘记。• 治：整理纺织。• 古人：这里指亡妻。古，通“故”。• 俾（bǐ）：使。• 訧（yóu）：同“尤”，过错。• 絺（chī）：细葛布。• 绤（xì）：粗葛布。• 凄其：同“凄凄”，凉。

燕燕

燕燕

燕燕于飞，差池其羽。之子于归，远送于野。
瞻望弗及，泣涕如雨。
燕燕于飞，颉之颃之。之子于归，远于将之。
瞻望弗及，伫立以泣。
燕燕于飞，下上其音。之子于归，远送于南。
瞻望弗及，实劳我心。
仲氏任只，其心塞渊。终温且惠，淑慎其身。
先君之思，以勖寡人。

诗人送人远嫁，临行惜别，情真意切，令人怅然欲泣。这是中国诗学史上最早的送别诗。

• 于：句中语助词。• 差（cī）池：不齐貌。• 之子：这个人，指要送别的人。• 于归：出嫁。• 颉（xié）：鸟向下飞。• 颃（háng）：鸟向上飞。• 将：送。• 下上：飞下飞上，下上其音谓皆可听闻鸟鸣叫之声。• 仲氏：排行居中的二妹。• 任：美善。• 只：语助词。• 塞渊：笃厚诚实，思虑深远。• 终：既。• 先君：故去的国君。• 勖（xù）：勉励。• 寡人：国君的自称。诸侯夫人也可自称寡人。此为诗人的自称。

日月

日月

日居月诸，照临下土。乃如之人兮，逝不古处。
胡能有定？宁不我顾。
日居月诸，下土是冒。乃如之人兮，逝不相好。
胡能有定？宁不我报。
日居月诸，出自东方。乃如之人兮，德音无良。
胡能有定？俾也可忘。
日居月诸，东方自出。父兮母兮，畜我不卒。
胡能有定？报我不述。

庄姜是卫庄公的夫人，后遭庄公遗弃，故而在诗中诉其幽愤之怀。

• 居：与下文的诸均为语气词，无实义。• 乃：可是。• 如之人：像这个人。• 逝：发语词。• 古处：旧的。• 胡：何。• 定：停止。• 宁：竟，乃。• 冒：覆盖。• 德音：这里指好的言行。• 俾（bǐ）：使。• 畜：爱。• 卒：终。• 不述：不依循常道。述，遵循。

终风

终风

终风且暴，顾我则笑，谑浪笑敖，中心是悼。

终风且霾，惠然肯来，莫往莫来，悠悠我思。

终风且曀，不日有曀，寤言不寐，愿言则嚏。

曀曀其阴，虺虺其雷，寤言不寐，愿言则怀。

一位妇女遭到丈夫的欺侮，故而作诗以遣怀。传统上认为这位妇女即庄姜，丈夫即为人狂荡暴虐的卫庄公。

终：既。暴：迅疾；或作“瀑”，疾雨。则：而。谑浪：以浪荡的言语进行戏谑。笑敖：以放纵的方式进行调笑。中心：心中。悼：伤心，惧怕。惠然：顺从貌。曀（yì）：天气阴暗。寤：醒着。言：语助词。不寐：睡不着。愿：思虑。言：助词，无实义。嚏：打喷嚏。虺虺：雷声。怀：思念。

击鼓

击鼓

击鼓其镗，踊跃用兵。土国城漕，我独南行。

从孙子仲，平陈与宋。不我以归，忧心有忡。

爰居爰处？爰丧其马？于以求之？于林之下。

死生契阔，与子成说。执子之手，与子偕老。

于嗟阔兮，不我活兮。于嗟洵兮，不我信兮。

卫庄公的庶子州吁好武尚兵，袭杀其兄桓公，自立为君，并联合宋、陈、蔡等国举兵伐郑。国人心生怨言，故而在诗中叙写一个士兵被迫出征异国的经历。诗人追述当初与妻子临别时的誓言，表达有家难回 的怨愤之情。

● 镗（tāng）：拟声词，鼓声。● 兵：兵器。● 土：用土筑城。● 国：都城。● 城：修筑城墙。● 漕：卫国的城邑名。● 孙子仲：此次出兵争战的将领，卫国的公孙文仲。● 平：调解纠纷。● 有忡：犹“忡忡”，忧虑不安貌。● 爰（yuán）：在哪里，在何处。● 于以：在哪里，在何处。● 契：合。● 阔：离。● 成说：成约，立誓。● 于嗟：悲叹声。● 活：通“佸”，相会。● 洵：远，久远。● 信：信守约定。

凯风

凯风自南，吹彼棘心。棘心夭夭，母氏劬劳。

凯风自南，吹彼棘薪。母氏圣善，我无令人。

爰有寒泉，在浚之下。有子七人，母氏劳苦。

睍睆黄鸟，载好其音。有子七人，莫慰母心。

这首诗写儿子颂美母亲，自责不能为母分忧。

• 凯风：南风，夏天的和风。• 棘心：棘即酸枣树。棘心，酸枣树初发的嫩芽是赤色的，如赤心。• 夭夭：茁壮，茂盛。• 劬（qú）劳：辛苦，劳累。• 棘薪：酸枣树已长到可成薪柴的阶段。• 令：美善。• 爰：发语词，无实义。• 浚（xùn）：邑名，在卫国。• 睍睆（xiànhuǎn）：鸣声婉转和美。• 载：则。

雄雉

雄雉

雄雉于飞，泄泄其羽。我之怀矣，自诒伊阻。

雄雉于飞，下上其音。展矣君子，实劳我心。

瞻彼日月，悠悠我思。道之云远，曷云能来？

百尔君子，不知德行。不忮不求，何用不臧。

一位妇女思念在外行役的丈夫，有渴盼之音，有愁叹之声，又在最后劝导莫要贪求什么。言辞肯切，中有深爱。

● 雉：野鸡。● 于：语助词，无实义。● 泄泄：鼓翼展翅貌。● 怀：思念。● 诒（yí）：通“贻”，赠送。● 伊：这，此。● 阻：忧愁。● 下上：鸟儿上下翻飞。● 展：诚，实在。● 云：语助词。● 曷：何。● 来：回来。● 百：虚数，表所有。● 尔：你，你们。● 忮（zhì）：忌恨，为害。● 求：贪图名利。● 用：施行。● 臧：善，好。

匏有苦叶

匏有苦叶

匏有苦叶，济有深涉。深则厉，浅则揭。

有弥济盈，有鷕雉鸣。济盈不濡轨，雉鸣求其牡。

雝雝鸣雁，旭日始旦。士如归妻，迨冰未泮。

招招舟子，人涉卬否。不涉卬否，卬须我友。

一位待嫁的女子在渡口等待，她盼望对岸的未婚夫能早日前来迎娶自己。

• 匏（páo）：葫芦。瓠瓜长大，可系腰间以渡水。• 苦：通“枯”，干枯。• 济：古水名，济水。• 涉：渡口。• 厉：借助葫芦，和衣涉水。• 揭（qì）：撩起下衣。• 有弥：水满盈貌。• 有鷕（yǎo）：犹“鷕鷕”，雌野鸡的鸣叫声。• 雉：野鸡。• 濡：沾湿。• 轨：车轴的两头。• 牡：这里指雄雉。• 雝雝：鸟和鸣之声。• 旦：明亮。• 归妻：娶妻。• 迨（dài）：及，等到。• 泮（pàn）：冰解冻。• 招招：举手召唤。• 舟子：船夫。• 卬（áng）：人称代词，我。• 须：等待。

谷风

谷风

习习谷风，以阴以雨。黾勉同心，不宜有怒。
采葑采菲，无以下体？德音莫违，及尔同死。
行道迟迟，中心有违。不远伊迩，薄送我畿。
谁谓荼苦，其甘如荠。宴尔新昏，如兄如弟。
泾以渭浊，湜湜其沚。宴尔新昏，不我屑以。
毋逝我梁，毋发我笱。我躬不阅，遑恤我后。

一位女子在诗中诉说被丈夫抛弃的不幸遭遇，多愤恨责难之辞。

• 习习：大风之声。• 谷风：吹自山谷中的大风。• 黾（mǐn）勉：努力，勉力。• 葑：与下文的菲均为家常食用的菜，根茎可制腌菜。• 无以：不用。• 下体：植物的根茎。• 德音：善言，好话。• 迟迟：缓慢。• 中心：心中。• 违：恨，怨恨。• 伊：是，表肯定。• 迩：近。• 薄：语助词，含有急匆匆、勉强之意。• 畿（jī）：门槛。• 荼：苦菜，味苦。• 荠：荠菜，味甜。• 宴：快乐。• 昏：同“婚”。• 泾：水名。• 以：因。• 渭：水名。泾水是渭水的支流。• 湜湜：水清貌。• 沚：或作“止”，河底。• 屑：顾惜，介意。• 逝：往。• 梁：捕鱼的小河坝。• 发：启封，打开。• 笱（gǒu）：捕鱼用的竹篓。• 躬：身体。• 阅：收容，容纳。• 恤：顾及。• 后：以后的事。

就其深矣，方之舟之。就其浅矣，泳之游之。

何有何亡，黾勉求之。凡民有丧，匍匐救之。

不我能慉，反以我为仇。既阻我德，贾用不售。

昔育恐育鞫，及尔颠覆。既生既育，比予于毒。

我有旨蓄，亦以御冬。宴尔新昏，以我御穷。

有洸有溃，既诒我肄。不念昔者，伊余来塈。

方：竹木编成的筏子，以筏渡水。亡：同“无”。丧：灾难。匍匐：爬行，言竭尽全力。慉：爱惜。仇：仇敌。阻：拒绝。德：心意。贾（gǔ）：出卖货物。不售：卖不出去，喻善意不被理会。恐：恐慌。鞫（jū）：困窘。颠覆：跌倒，翻倒，这里意谓挫折、失败和患难。毒：害人之物。旨：味美。蓄：储藏积存的蔬菜、粮食等。洸：粗暴貌。溃：盛怒貌。诒：通“贻”，给予。肄：劳苦。伊：唯。塈：通“概”，洗涤，意谓把我赶走。

式微

式微

式微式微，胡不归？微君之故，胡为乎中露！

式微式微，胡不归？微君之躬，胡为乎泥中！

征夫在外，有的是没日没夜的劳作之苦，故而在诗中发怨言。

●式：发语词。●微：幽暗，天黑。●胡：为何。●微：非，不是。●中露：露中，在露水中。●躬：身。●泥中：在泥水路中。

旄丘

旄丘

旄丘之葛兮，何诞之节兮。叔兮伯兮，何多日也？

何其处也？必有与也！何其久也？必有以也！

狐裘蒙戎，匪车不东。叔兮伯兮，靡所与同。

琐兮尾兮，流离之子。叔兮伯兮，褎如充耳。

狄人灭黎国，黎侯只得流亡寓居在卫国，而卫国不能施救，于是黎国的臣属责怨卫国国君，故作此诗。

• 旄（máo）丘：前高后低的山丘。• 葛：藤本植物。• 诞：延长，蔓延。• 节：葛藤的枝节。• 叔：与下文的伯均指贵族诸臣。• 处：安居，这里谓不施以援手。• 与：同盟国。• 以：原因。• 蒙戎：蓬松貌。• 匪：彼。• 不东：不向东来。• 同：同心。• 琐：细小。• 尾：通“微”，小。• 褎（yòu）：服饰华美貌。• 充耳：挂在冠冕两旁的玉饰，这里有塞耳不听不闻之意。

简兮

简兮

简兮简兮，方将万舞。日之方中，在前上处。

硕人俣俣，公庭万舞。有力如虎，执辔如组。

左手执籥，右手秉翟。赫如渥赭，公言锡爵。

山有榛，隰有苓。云谁之思？西方美人。

彼美人兮，西方之人兮。

卫国的公庭正上演着“万舞”。此诗赞美舞师，主人公对其心生爱慕，念念不忘。

• 简：鼓声。• 万舞：舞名，分文舞和武舞两部分。• 方中：正中。句意谓正中午。• 硕：身材高大。• 俣俣：魁梧貌。• 辔（pèi）：缰绳。• 组：丝线织成的带子。• 籥（yuè）：似排箫的古乐器。• 翟（dí）：用野鸡长尾制成的舞具。• 赫：大赤色。• 渥：湿润。沾湿。• 赭：红色颜料。• 公：卫君。• 锡：通“赐”，赐予。• 爵：一种酒器。• 榛：树名，落叶灌木，果仁可食，木材可制器物。• 隰（xí）：低湿之地。• 苓：甘草。

泉水

泉水

毖彼泉水，亦流于淇。有怀于卫，靡日不思。
娈彼诸姬，聊与之谋。

出宿于泲，饮饯于祢。女子有行，远父母兄弟，
问我诸姑，遂及伯姊。

出宿于干，饮饯于言。载脂载舝，还车言迈。
遄臻于卫，不瑕有害？

我思肥泉，兹之永叹。思须与漕，我心悠悠。
驾言出游，以写我忧。

卫女嫁到他国，想回娘家探望而不得，故作此诗。

• 毖：通“泌”，泉水涌出貌。• 淇：淇水，卫国水名。• 靡：无。• 娈彼：犹“娈娈”，美好。• 诸姬：这里指陪嫁的姬姓女子。• 聊：姑且。• 谋：谋议可否回娘家之事。• 泲（jǐ）：与下文的祢、干、言、肥泉、须、漕，皆为地名。• 饯：送行饮酒。• 行：出嫁。• 诸姑：父亲的姊妹们。• 伯姊：大姊。• 载：发语词。• 脂：以油脂涂车轴，使之滑润。• 舝（xiá）：将销钉插在车轴两端的孔内，以固定车轮。• 还：回旋。• 言：助词。• 迈：行路。• 遄（chuán）：疾速。• 臻：到达。• 不瑕：犹“不遐”，不无，没什么。• 兹：同“滋”，更加。• 永：长。• 驾：驾车。• 言：助词。• 写：派遣，消除。

北风

北风其凉，雨雪其雱。惠而好我，携手同行。

其虚其邪？既亟只且！

北风其喈，雨雪其霏。惠而好我，携手同归。

其虚其邪？既亟只且！

莫赤匪狐，莫黑匪乌。惠而好我，携手同车。

其虚其邪？既亟只且！

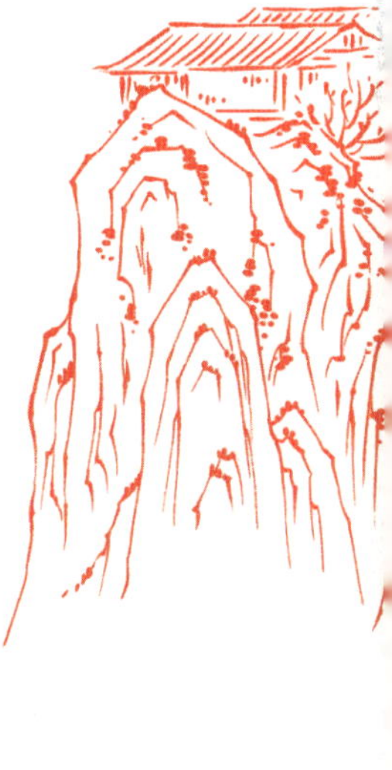

卫国的老百姓不堪虐政，招朋呼友相约一起逃亡。

• 雱（páng）：雪大貌。• 惠而：犹“惠然”，顺从貌。• 其：语助词。• 虚：通“舒”。下文的邪通“徐”。虚耶，谓缓慢而从容。• 亟：急。• 只且（jū）：语尾组词。• 喈：通“湝”，寒凉。• 其霏：犹“霏霏”，纷纷貌。• 匪：非。此二句中，狐狸是赤红色的，乌鸦是黑色的。周代官员按大小，分别身穿红衣和黑衣，故有此类比。

静女

静女

静女其姝，俟我于城隅。爱而不见，搔首踟蹰。

静女其娈，贻我彤管。彤管有炜，说怿女美。

自牧归荑，洵美且异。匪女之为美，美人之贻。

这首诗以男子的视角和口吻描述了男女约会的过程，以及最终收获了爱情的甜美。

● 静：通“靖”，美善。● 姝：貌美。● 俟（sì）：等待。● 城隅：城角。● 爱：通“薆”，隐蔽。● 踟蹰（chíchú）：来回走动。● 娈：年少貌美。● 彤管：红管草。● 炜：色红而有光泽。● 说：通“悦”。● 怿（yì）：喜爱。● 女：同“汝”，这里指彤管。● 牧：郊外。● 归：同“馈”，赠送。● 荑（tí）：初生的茅草。● 洵：确实，诚然。● 异：可爱。● 女：同“汝”，这里指荑草。

新台

新台

新台有泚，河水弥弥。燕婉之求，籧篨不鲜。

新台有洒，河水浼浼。燕婉之求，籧篨不殄。

鱼网之设，鸿则离之。燕婉之求，得此戚施。

卫宣公为太子娶齐女，还未成婚，听闻齐女很美，大悦，于是在她入卫境时予以截留，占为己有。为迎娶此女，宣公在黄河边上建造了新台。人们憎恶这样的恶行，故作此诗以挖苦卫宣公。

• 泚（cǐ）：鲜明貌。• 弥弥：水盛貌。• 燕婉：安和，美俏。这里意谓好的配偶。• 籧篨（qúchú）：不能俯身的有病之人。• 鲜：鲜丽，好。• 洒（cuǐ）：高峻貌。• 浼浼：水满而平貌。• 殄：同“腆”，善，好。• 离：附丽，附着。• 戚施：不能仰身的佝偻之人。

二子乘舟

同姓不婚，大约始于西周。周公制礼，甚至有“百世不通”的说法。据《左传》记载，古人认为“男女同姓，其生不蕃”。蕃，繁育盛多。同姓同气，婚后有不能生育之虞，或造成后代畸形的危险。虽然一再倡导同姓不通婚，但同姓间的婚配也时常出现。例如鲁国是周公之后，吴国是泰伯之后，皆为姬姓，本来不该通婚。但鲁昭公娶了吴女，他的夫人的名字本该称“吴姬”，因有违礼制，觉得不怎么光彩，就讳称“吴孟子”。

二子乘舟

二子乘舟，泛泛其景。愿言思子，中心养养！

二子乘舟，泛泛其逝。愿言思子，不瑕有害？

卫宣公和劫娶的齐女（宣姜），生下二子，分别名寿、朔。此前，卫宣公与父亲的妾夷姜乱伦，生下一子，名伋，并立为太子。在朔和宣姜的撺掇下，宣公欲派人在伋出使齐国的路上杀死伋。寿知之，让伋逃走，并窃取伋的使节，代伋而死。待伋至，亦被杀。卫人作此诗，对伋、寿二人表达忧闷之情。

泛泛：漂浮貌。景：通"憬"，远行貌。愿：每，虽然。养养：忧心不定貌。瑕：通"胡"，何，表疑虑。

鄘风

鄘，在殷旧都朝歌的西南地区，大体在今河南新乡一带。《鄘风》共十篇。

柏舟

柏舟

泛彼柏舟，在彼中河。髧彼两髦，实维我仪，
之死矢靡它。母也天只！不谅人只！
泛彼柏舟，在彼河侧。髧彼两髦，实维我特，
之死矢靡慝。母也天只，不谅人只！

女子有了心仪的对象，而母亲却要她另嫁他人，这位女子由此在诗中自诉誓死不从。

• 柏舟：柏树木质坚硬，纹理致密，以柏木制成的舟，称柏舟。• 中河：河中。• 髧（dàn）：头发下垂貌。• 两髦（máo）：古代未成年男子前额头发，编扎成两绺，左右各一。• 仪：配偶。• 之死：至死。• 矢：发誓。• 靡它：无他心，犹言不嫁他人。• 也：语气词。• 天：这里指父亲。• 只：语气词。• 谅：亮察，体谅。• 特：匹偶。• 慝（tè）：通“忒”，变更。

墙有茨

墙有茨

墙有茨，不可扫也。中冓之言，不可道也。
所可道也，言之丑也。

墙有茨，不可襄也。中冓之言，不可详也。
所可详也，言之长也。

墙有茨，不可束也。中冓之言，不可读也。
所可读也，言之辱也。

卫宣公为太子娶齐女，未入室，宣公见其美好，悦而自娶之，是为宣姜。及宣公死，他的庶长子顽又与宣姜私通，并生下三男二女。此诗对这一败坏人伦、荒淫无耻的秽行予以讽刺。

• 茨：草名，蒺藜。• 中冓（gòu）：内室。或作“中夜”。• 襄：通“攘”，除去。• 详：详细述说。• 束：束结起来以去除。• 读：反复言说。

君子偕老

君子偕老

君子偕老，副笄六珈。委委佗佗，如山如河。
象服是宜。子之不淑，云如之何！

玼兮玼兮，其之翟也。鬒发如云，不屑髢也。
玉之瑱也，象之揥也，扬且之皙也。胡然而天也？
胡然而帝也？

瑳兮瑳兮，其之展也。蒙彼绉絺，是绁袢也。
子之清扬，扬且之颜也。展如之人兮，邦之媛也？

卫宣公劫娶过来的宣姜，淫乱有失，行为不检。诗人对此以委婉的笔法，在盛赞服饰容貌时，又透露出讥讽之意。

• 君子：卫宣公。• 偕老：夫妻相偕到老，这里饱含讽刺的意味。• 副：通“鬠”，头饰，假发髻。• 笄（jī）：发簪。• 珈：笄下悬垂的玉饰。• 委委佗佗：形容步态优美，德容之美。• 山：言凝定稳重。• 河：言渊深润泽。• 象服：绣绘鸟羽为饰的袍服。• 子：这里指宣姜。• 淑：这里谓德行之美。• 云：发语词。• 如之何：奈之何。• 玼：玉色鲜明貌。• 翟：绣绘长尾山鸡花纹为饰的祭服。• 鬒（zhěn）：头发稠密而黑。• 髢（dí）：假发。• 瑱（tiàn）：垂挂在冠冕两侧用来塞耳的玉饰。• 揥（tì）：用以搔头的簪子。• 扬：言容貌之美。• 皙：白。• 胡然：为什么如此。• 帝：帝女。• 瑳（cuō）：玉色鲜明洁白貌。• 展：展衣，以细纱绢制成的夏衣。• 蒙：覆盖。• 绁袢（xièpàn）：贴身内衣。• 清扬：眉目清秀。• 颜：面色，容颜。• 展：乃，确实。• 媛：美女。

桑中

桑中

爰采唐矣？沬之乡矣。云谁之思？美孟姜矣。
期我乎桑中，要我乎上宫，送我乎淇之上矣。

爰采麦矣？沬之北矣。云谁之思？美孟弋矣。
期我乎桑中，要我乎上宫，送我乎淇之上矣。

爰采葑矣？沬之东矣。云谁之思？美孟庸矣。
期我乎桑中，要我乎上宫，送我乎淇之上矣。

这是一首热烈活泼的情诗。诗人在自问自答中展现出青年男女的相会之欢。

• 爰：何，在哪里。• 唐：通“棠”，棠梨。• 沬（mèi）：卫都朝歌。• 云：语助词。• 孟：排行居长。• 姜：姓。下文的“弋”“庸”也为姓。• 期：约会。• 乎：犹“于”。• 要：邀。• 上宫：建筑名。• 葑：萝卜。

鹊之奔奔

自商周至春秋，婚俗中有陪嫁媵妾制。为保证家族子嗣的延续，担心一夫一妻不一定有后代，于是在嫁女时，以女之侄女或妹妹为媵，跟着陪嫁；还有一种制度性安排，诸侯娶一国女子，其他两国当以庶出之女陪嫁，例如卫国之女嫁给陈宣公为夫人，而鲁国则以女作为陪嫁。除了女子为媵外，有时还以男性奴仆为媵，例如晋献公把俘虏回来的虞国大夫井伯作为随从，当成自己女儿的“嫁妆”陪嫁到秦国。

连鹌鹑、喜鹊都有固定的配偶，而身为国君夫人的宣姜，却违背人伦礼制，公然与庶子姘居并生下儿女。此诗对这一秽行进行谴责和讽刺。

鹑之奔奔

鹑之奔奔，鹊之彊彊。人之无良，我以为兄！

鹊之彊彊，鹑之奔奔。人之无良，我以为君！

鹑：鹌鹑。奔奔：或作“贲贲”，犹翩翩，飞行貌。彊彊：或作“姜姜”，飞翔。兄：这里谓君之兄，有尊长之意。

定之方中

定之方中

定之方中，作于楚宫。揆之以日，作于楚室。

树之榛栗，椅桐梓漆，爰伐琴瑟。

升彼虚矣，以望楚矣。望楚与堂，景山与京。

降观于桑，卜云其吉，终然允臧。

灵雨既零，命彼倌人，星言夙驾，说于桑田。

匪直也人，秉心塞渊，騋牝三千。

公元前 660 年，狄人破卫，懿公被杀，戴公在漕邑继立，继位不久又死。齐桓公率诸侯之兵伐狄救卫，筑楚丘，卫文公被立为君。卫文公迁都于楚丘，重建宫室，任用贤能，务农桑，惠工商，广教化，使得卫国呈现出一派中兴之象。此诗旨在颂美卫文公。

• 定：星名，又名营室，二十八宿之一。• 方中：当正中的位置。• 作：始。• 于：为。• 楚宫：楚丘的宫庙。• 揆（kuí）：度量。• 日：日影。立竿测度日影以定方向。• 树：种植。• 椅：树名，山桐子。• 漆：树名，漆树。• 爰：于是。• 伐：伐木。• 琴瑟：活用成动词，造琴瑟。• 虚：同“墟”，大丘。• 楚：楚丘。• 堂：卫国邑名。• 景：通“憬”，远行。• 京：高丘。• 降：自高而下。• 桑：桑田。• 允：诚然，果真。• 臧：美善。• 灵雨：好雨。• 零：雨落。• 倌人：驾车的小臣。• 星：雨止而星见，谓天晴。• 言：语助词。• 夙驾：早晨驾车出行。• 说：通“税”，停息。• 直：只，只是。• 秉心：持心，用心。• 塞渊：笃厚诚实，思虑深远。• 騋（lái）：七尺以上的大马。• 牝（pìn）：母马。

蝃蝀

周代结婚有“六礼”之仪。首先向女方提亲，此为“纳彩”；然后问女方姓名以及出生年月日，为“问名”；接下来要纳定礼，为“纳吉”；然后是送聘礼，为“纳征”；然后商定好婚期，为“请期”；最后才是迎娶新妇，为“亲迎”。西周时期的礼仪繁多复杂，在春秋时已经不能完全恪守。比如规定公室女子出嫁到他国，国君不能亲自送嫁，但齐僖公嫁女至鲁国，却执意亲自送到了鲁国境内。

蝃蝀

蝃蝀在东，莫之敢指。女子有行，远父母兄弟。

朝隮于西，崇朝其雨。女子有行，远兄弟父母。

乃如之人也，怀昏姻也。大无信也，不知命也！

男大当婚，女大当嫁，但一个女子若不待父母之命而行私奔之事，则有违当时的婚配之道。

• 蝃蝀（dìdōng）：虹。• 指：用手去指。古人认为虹是天上的动物，代表一种淫邪之气，有所忌讳，由此不敢对它指指点点。• 行：出嫁，这里谓私奔。• 隮（jī）：虹。• 崇朝：犹"终朝"，从天亮到吃早饭的这段时间。• 怀：通"坏"，败坏。• 昏：同"婚"。• 大：同"太"。• 命：古时子女的婚姻当待父母之命。

相鼠

相鼠

相鼠有皮，人而无仪！人而无仪，不死何为？

相鼠有齿，人而无止！人而无止，不死何俟？

相鼠有体，人而无礼，人而无礼！胡不遄死？

此诗对卫国那些无德行无礼仪的在位之人，予以无情的讽刺和咒骂。

● 相：察看。● 仪：威仪，仪度。● 止：容止，礼节。● 俟（sì）：等待。● 遄（chuán）：速，快。

干旌

干旄

孑孑干旄，在浚之郊。素丝纰之，良马四之。
彼姝者子，何以畀之？
孑孑干旟，在浚之都。素丝组之，良马五之。
彼姝者子，何以予之？
孑孑干旌，在浚之城。素丝祝之，良马六之。
彼姝者子，何以告之？

卫文公在位时力图兴国，初年仅有革车三十乘，晚年时增至三百乘。这位中兴之君有劝学任能、访贤纳士的举措，此诗对此予以颂美。

• 孑孑：特立貌。• 干：旗杆。• 旄（máo）：旄牛尾装饰在杆头，以之为威仪。• 浚：邑名，在春秋时的卫国。• 郊：城外。• 素丝：白色的丝线。• 纰（pí）：以丝线镶饰缘边。• 四：一辆车驾，四匹马。• 姝：顺从。• 畀（bì）：予，给予。• 旟（yú）：绣绘鹰隼图像的军旗。• 组：编织，连缀。• 予：给予。• 旌：杆头以彩色羽毛为饰的旗子。• 祝：通“属”，连缀。

载驰

载驰

载驰载驱，归唁卫侯。驱马悠悠，言至于漕。
大夫跋涉，我心则忧。
既不我嘉，不能旋反。视尔不臧，我思不远。
既不我嘉，不能旋济？视尔不臧，我思不闷。
陟彼阿丘，言采其蝱。女子善怀，亦各有行。
许人尤之，众稚且狂。
我行其野，芃芃其麦。控于大邦，谁因谁极？
大夫君子，无我有尤。百尔所思，不如我所之。

据载，此诗为许穆夫人所作。许穆夫人是公子顽和宣姜的女儿，卫戴公的妹妹，出嫁至许国。狄人攻破卫都，杀死了卫懿公，卫戴公在漕邑即位，不久亦死。许穆夫人悯宗国颠灭，国君离世，国人四散，心急如焚欲前往吊问，行至半路，又被许国派来的大夫追回，因作此诗。

• 载：发语词。• 唁：吊问，慰问。• 漕：卫国邑名。• 大夫：前来劝阻许穆夫人的许国大夫。• 跋涉：登山渡水，这里谓紧追过来。• 既：尽，都。• 嘉：称美，赞成。• 旋：回返。• 反：同“返”。• 臧：善。• 思：思量。• 远：迂远。• 济：渡，过河。• 闷（bì）：闭塞，不通。• 陟（zhì）：登。• 阿丘：偏高的山坡。• 蝱（méng）：药草名，贝母。• 善怀：思念卫国。• 行：道路。• 尤：指责，反对。• 野：郊野。• 芃芃：茂盛貌。• 控：往而告之。• 因：倚靠。• 极：至，达到。• 无：同“毋”。• 有：同“又”。• 百尔：尔百。• 之：往。

卫风

周武王死后，武庚与管叔、蔡叔以及霍叔作乱。周公平定武庚和“三监”的叛乱后，把殷民七族及商旧都周围地区分封给武王之弟康叔，建都朝歌，国号卫。由此来看，“邶风”“鄘风”“卫风”自地域而言，皆为卫诗，诗中的山岳河流、风土人情，亦大体相同；但音乐曲调而言，邶、鄘、卫三地又各成一体，故而依旧编排为三组。

《卫风》共十首。《卫风》产生之地，大致在河北东南、山东西南一带。

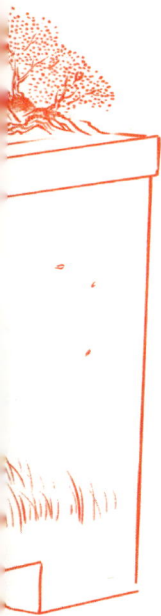

淇奥

在世袭的问题上，“父死子继”是一条线，是主线，还有一条线是“兄死弟及”，比如鲁国在庄公之前，常有弟弟继承大位的，秦国初期亦是如此。春秋中期以前，父死子继的嫡长子继承制并没有严格执行。在宗法制度下，继承宗嗣的，必须是嫡夫人所生的长子，遵循“以长不以贤”的原则；若嫡夫人无子，立其他子嗣，则要“以贵不以长”。若是作为储君的太子死了，有同母兄弟则立之，无则立年长的兄弟，若是年岁相当则择取最贤良的，若贤能相当，则以占卜来决定。

淇奥

瞻彼淇奥，绿竹猗猗。有匪君子，如切如磋，
如琢如磨。瑟兮僩兮，赫兮咺兮。有匪君子，
终不可谖兮。

瞻彼淇奥，绿竹青青。有匪君子，充耳琇莹，
会弁如星。瑟兮僩兮，赫兮咺兮，有匪君子，
终不可谖兮。

瞻彼淇奥，绿竹如箦。有匪君子，如金如锡，
如圭如璧。宽兮绰兮，猗重较兮。善戏谑兮，
不为虐兮。

卫武公，名和，修政治国，能亲睦其民，团聚其众，在位长达五十五年。在犬戎攻西周杀幽王时，武公曾率兵勤王平戎有功，而被平王册命为公。据载，此诗即为歌颂卫武公而作。

• 奥（yù）：又作“澳”或“隩”，水岸弯曲处。• 猗猗：美盛貌。• 匪：通“斐”，风采、才华。• 切：与下文的磋、琢、磨为四种不同的治器工艺。骨谓之切，切断；象牙谓之磋，锉平；玉谓之琢，雕刻；石谓之磨，打磨光滑。四者喻君子在进德修业上兢兢业业精益求精。• 瑟：庄重。• 僩（xiàn）：威武，威严。• 赫：光明。• 咺（xuān）：盛大。• 谖（xuān）：忘记。• 青青：亦作“菁菁”，茂盛貌。• 充耳：自冠冕的两侧垂下美玉在耳朵两边的饰物，用以塞耳。• 琇：如玉美石。• 莹：玉色光润晶莹。• 会（kuài）：在皮帽子的接缝处缀结玉石作为装饰。• 弁（biàn）：皮帽，多以鹿皮缝制而成。• 箦：栅栏，言竹之密。• 宽：宽厚能容。• 绰：柔顺和缓。• 猗：通“倚”，依靠。• 重较：古时卿士所乘的车有车箱，箱上有二重横木，人立于车上，手可攀扶。• 虐：过分。这里谓玩笑太过刻薄，会伤人。

考槃

考槃

考槃在涧，硕人之宽。独寐寤言，永矢弗谖。

考槃在阿，硕人之薖。独寐寤歌，永矢弗过。

考槃在陆，硕人之轴。独寐寤宿，永矢弗告。

诗歌赞美了隐居山林的贤士。孔子曾从主人公这里读出了“遁世而不闷”的快乐之境。

• 考：扣，敲打。• 槃：通“盘”，木制盛水的器皿。• 宽：心胸宽广。• 矢：发誓。• 谖（xuān）：忘记。• 阿：山的弯曲处，山坡。• 薖（kē）：宽大貌。• 过：过从，交往。不过，意谓不入仕。• 轴：如车轴一样圆转自如，引申为持论明智。

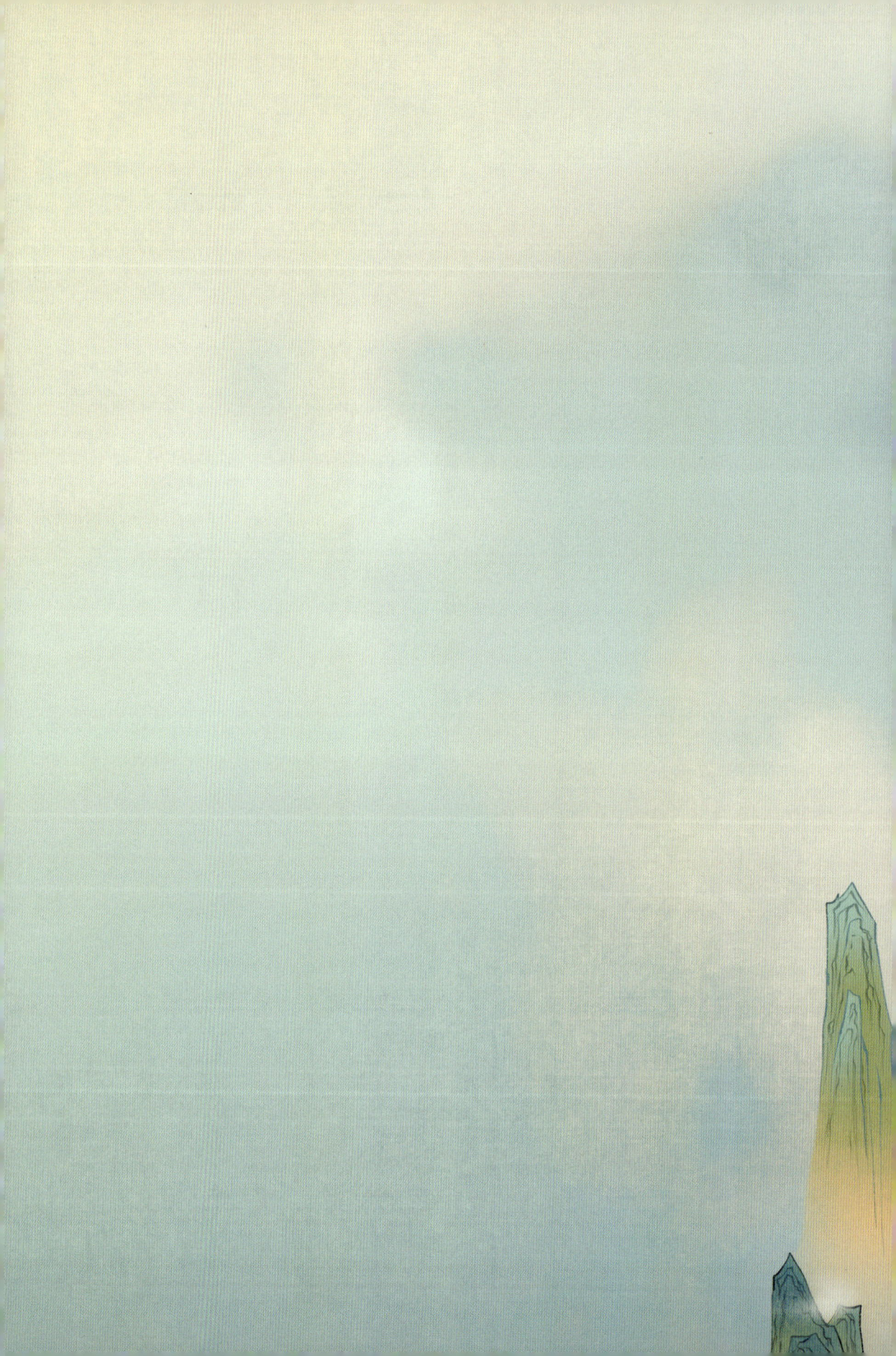

硕人

硕人

硕人其颀，衣锦褧衣。齐侯之子，卫侯之妻。
东宫之妹，邢侯之姨，谭公维私。
手如柔荑，肤如凝脂，领如蝤蛴，齿如瓠犀，
螓首蛾眉，巧笑倩兮，美目盼兮。
硕人敖敖，说于农郊。四牡有骄，朱幩镳镳。
翟茀以朝。大夫夙退，无使君劳。
河水洋洋，北流活活。施罛濊濊，鳣鲔发发。
葭菼揭揭，庶姜孽孽，庶士有朅。

卫庄公娶齐庄公的女儿庄姜为妻，卫人赞美这位夫人的尊贵家世、绝美容貌以及嫁至卫国时的盛况。

•其颀（qí）：犹言“颀颀”，修长。•褧（jiǒng）衣：以麻制成的罩衣，出嫁的女子途中所穿，以蔽尘土。•东宫：太子的居所，这里代指齐国太子得臣。•姨：妻子的姊妹。•维：是。•私：女子称自己姐妹的丈夫为私。•荑（tí）：白茅初生的嫩芽。•领：脖颈。•蝤蛴（qiúqí）：天牛的幼虫，色白如脂，丰圆而长。•瓠（hù）犀：葫芦的籽，洁白整齐，喻女子的牙齿。•螓（qín）：似蝉而小，方头，广额。•蛾：蚕蛾，触须细长而弯曲。螓首、蛾眉，皆言女子貌美。•盼：眼睛灵动，黑白分明。•敖敖：身材高大貌。•说（shuì）：停车卸马，休憩。•农郊：卫国都城的近郊。•牡：公马。•骄：马匹高大。•幩（fén）：系在马嚼子两边的绸条。•镳镳：盛美。•翟：长尾野鸡。•茀：车上竹制的遮蔽物。•朝：朝见国君。•夙退：早早地退去。•洋洋：水势浩荡盛大。•活活：水流之声。•罛（gū）：渔网。•濊濊：撒网入水之声。•鳣（zhān）：鲤一类的鱼。•鲔（wěi）：与鲤同类的鱼。•发发：鱼尾摆动的声响。•葭：芦苇。•菼（tǎn）：荻草。•揭揭：高而修长貌。•庶姜：众多陪嫁过来的姜姓女子。•孽孽：衣饰华丽。•庶士：众多护送的齐国臣属。•朅（qiè）：威武矫健。

氓

氓之蚩蚩，抱布贸丝。匪来贸丝，来即我谋。
送子涉淇，至于顿丘。匪我愆期，子无良媒。
将子无怒，秋以为期。

乘彼垝垣，以望复关。不见复关，泣涕涟涟。
既见复关，载笑载言。尔卜尔筮，体无咎言。
以尔车来，以我贿迁。

这是一首弃妇诗。诗的女主人公来自民间，情思更素朴，具烟火气，叙的是婚前婚后事，抒的是哀怨决绝情。

氓（méng）：田野耕作之人，老百姓。蚩蚩：敦厚貌。贸：贸易，交换。匪：通“非”。即：就，到，接近。谋：谋划，这里意谓商议婚事。涉：渡水。淇：水名。顿丘：地名。愆（qiān）：拖延。将（qiāng）：请。乘：升，登上。垝（guǐ）：毁，倒塌。垣：土墙。复关：地名，氓来自这个地方，代指氓。卜：以火灼龟甲取兆，据此预测吉凶。筮：以蓍草占卦，以预测吉凶。体：兆象，卦象。咎言：不吉利的言辞。贿：财物，这里指嫁妆。迁：搬运走。

桑之未落，其叶沃若。于嗟鸠兮！无食桑葚。
于嗟女兮！无与士耽。士之耽兮，犹可说也。
女之耽兮，不可说也。

桑之落矣，其黄而陨。自我徂尔，三岁食贫。
淇水汤汤，渐车帷裳。女也不爽，士贰其行。
士也罔极，二三其德。

• 沃若：润泽貌。• 于嗟：犹吁嗟，感慨，悲叹。• 鸠：斑鸠。• 桑葚：桑树的果实。古人认为斑鸠吃太多的桑葚，则会迷醉过去。• 耽：沉迷，玩乐。• 说：通“脱”，摆脱。• 陨：落下。• 徂（cú）：往，这里指嫁过来。• 三岁：虚数，多年。• 食贫：生活贫困，过苦日子。• 汤汤：水流貌。• 渐（jiān）：水浸。• 帷裳：车的帷幔。• 爽：差错，过错。• 贰：前后不一。• 行（háng）：行为。• 罔极：无准则。

三岁为妇，靡室劳矣。夙兴夜寐，靡有朝矣。

言既遂矣，至于暴矣。兄弟不知，咥其笑矣。

静言思之，躬自悼矣。

及尔偕老，老使我怨。淇则有岸，隰则有泮。

总角之宴，言笑晏晏，信誓旦旦，不思其反。

反是不思，亦已焉哉！

• 夙兴：早起。• 夜寐：晚睡。• 靡有朝矣：不是一天两天，天天如此辛劳。• 言：语助词，无实义。• 既：已。• 遂：家业安稳。• 暴：凶暴。• 咥：大笑。• 言：犹“焉”，语气助词。• 悼：悲伤。• 隰（xí）：低湿的洼地。• 泮：通“畔”，岸。• 总角：孩子童年时的发式，这里指女子未出嫁时的发式，不加笄，结其发，聚之为两角，故称。这里代指婚前生活。• 宴：安宁。• 晏晏：和悦貌。• 旦旦：诚恳貌。• 不思：不料想，想不到。• 反：反复，变心。• 反：违背。• 是：代词，指誓言。• 不思：不顾及。• 已：到此为止。

竹竿

竹竿

籊籊竹竿，以钓于淇。岂不尔思？远莫致之。

泉源在左，淇水在右。女子有行，远兄弟父母。

淇水在右，泉源在左。巧笑之瑳，佩玉之傩。

淇水滺滺，桧楫松舟。驾言出游，以写我忧。

远离父母兄弟嫁至他乡，思归而不得，故作此诗。

● 籊籊：长而细貌。● 淇：淇水，在卫国。● 不尔思："不思尔"的倒文。● 致：到，到达。● 泉源：水名，在卫国。● 行：出嫁。● 瑳（cuō）：玉色白润，这里谓笑时牙齿洁白。● 傩（nuó）：行步有节度，则身上的佩玉振动作响。● 滺滺：水流动貌。● 桧楫：以桧木制成的船桨。● 驾：驾车。● 言：语助词。● 写：宣泄，排遣。

芄兰

芄兰

芄兰之支，童子佩觿。虽则佩觿，能不我知。
容兮遂兮，垂带悸兮。

芄兰之叶，童子佩韘。虽则佩韘，能不我甲。
容兮遂兮，垂带悸兮。

诗中的贵族少年看来只是个徒有其表的“银样蜡枪头”，且不解风情，作者于是奚落之，调侃之。

• 芄（wán）兰：多年生草本，茎、叶含白色汁液，可食。• 支：通“枝”。• 觿（xī）：解结的用具，形似锥，以骨、玉制成，可作贵族成年人的配饰。• 能：表转折，相当于“而”。• 不我知：“不知我”的倒文。• 容：有仪容。• 遂：身上的佩玉在走路时振动作响。• 悸：绅带下垂的样子。• 韘（shè）：以骨、玉等制成的扳指，用以钩弦射箭。• 甲：通“狎”，亲近。

河广

长江、淮河、黄河、济水这四条河流在古时皆独流入海，古人总称为“四渎”。

河，是先民对黄河的专称，后代方泛指河流；江，在先秦时期专指长江，后来引申为江河的通称；淮，水名，今称淮河；济，又作“泲”，发源于今河南济源王屋山，流经山东入海，后下游为黄河所夺。再加上淮河改道，古时的“四渎”，如今仅存其二。

河广

谁谓河广？一苇杭之。谁谓宋远？跂予望之。

谁谓河广？曾不容刀。谁谓宋远？曾不崇朝。

一条黄河隔开了宋国和卫国，宋在河的南岸，卫在河的北岸。因有牵挂在对岸，诗人吟咏这条让其无可奈何的河流。

● 河：黄河。● 苇：苇叶形的小船。也有说是用芦苇编的筏子。● 杭：航，渡。● 跂（qǐ）：踮起脚后跟。● 予：我。● 刀：通“舠”，狭小的船。● 崇朝（zhāo）：终朝，犹言一个早晨。

伯兮

伯兮

伯兮朅兮，邦之桀兮。伯也执殳，为王前驱。

自伯之东，首如飞蓬。岂无膏沐？谁适为容！

其雨其雨，杲杲出日。愿言思伯，甘心首疾。

焉得谖草？言树之背。愿言思伯。使我心痗。

勇武的丈夫行役在外，在家的妻子承受着思念的痛楚。

• 伯：周代妇女对丈夫的爱称，犹言“哥哥”“阿哥”。• 朅(qiè)：勇健貌。• 桀：杰出的有才能的人。• 殳(shū)：以竹木制成的兵器，前端有棱而无刃。• 前驱：犹言护卫、卫士。• 之：往。• 膏沐：这里指妇女涂抹润面油，梳洗头发。• 谁适：犹为谁，取悦谁。• 容：修饰容貌。• 其：语助词。• 杲杲：日出明亮貌。• 愿：殷切思念貌。• 言：语助词。• 甘心：痛心。• 首疾：头痛，甘心首疾犹痛心疾首。• 焉：哪里。• 谖(xuān)草：萱草，又名忘忧草。• 言：乃。• 树：种植。• 背：通“北”，北堂之下。• 痗(mèi)：病。

有狐

在唐代的韩愈看来，《周易》的文字是“奇而法”，变化奇特但有法度，而《诗经》则是“正而葩”，思想正大，且文辞华美，既“丽”又“雅”，且有“理”在其中。的确，诗三百篇中的一草一木、一虫一鸟在古人看来，皆有情思寄寓其间，皆有志意托付其中，此即所谓的“兴发于此而义归于彼”“莫非讽兴当时之事”的风雅比兴传统。

有狐

有狐绥绥，在彼淇梁。心之忧矣，之子无裳。

有狐绥绥，在彼淇厉。心之忧矣，之子无带。

有狐绥绥，在彼淇侧。心之忧矣，之子无服。

孤苦的人漂泊在外，无衣无裳，此诗写出贫贱夫妻间的美丽忧伤。

● 绥绥：行走舒缓貌。● 淇：水名，淇水。● 梁：以石砌成的桥。● 裳（cháng）：下衣。● 厉：通“濑”，河边浅滩。● 带：衣带。● 侧：岸边。● 服：衣服。

木瓜

木瓜

投我以木瓜，报之以琼琚。匪报也，永以为好也！

投我以木桃，报之以琼瑶。匪报也，永以为好也！

投我以木李，报之以琼玖。匪报也，永以为好也！

男女互赠礼物，以“小”报“大”，期待恩爱不疑，永结情好。

● 投：赠予，送给。● 木瓜：木瓜树的果实，椭圆形，黄色，有香气，可食，可入药。● 报：报答，回赠。● 琼：美玉，这里喻美好。● 琚（jū）：以玉石制作的佩物。● 匪：通“非”。● 木桃：桃子。● 瑶：美玉。● 木李：李子。● 玖：似玉的黑色美石。

王风

西周末年，犬戎侵凌，破镐京，杀幽王于骊山之下。诸侯迎立幽王之子宜臼为王，东迁洛邑，是为东周。平王东迁，家室飘荡，周室自此衰微，王风不竞。但周王仍是名义上的天下共主，还受到诸侯的尊敬，故而称以东周王城洛邑为中心的区域的诗为“王风”。王，是王城或王都之义。

《王风》共十篇，皆为王室东迁后平王、桓王时期的作品，用的是王城附近区域的流行乐调。

黍离

黍离

彼黍离离，彼稷之苗。行迈靡靡，中心摇摇。
知我者，谓我心忧；不知我者，谓我何求。
悠悠苍天，此何人哉？

彼黍离离，彼稷之穗。行迈靡靡，中心如醉。
知我者，谓我心忧；不知我者，谓我何求。
悠悠苍天，此何人哉？

彼黍离离，彼稷之实。行迈靡靡，中心如噎。
知我者，谓我心忧；不知我者，谓我何求。
悠悠苍天，此何人哉？

西周的都城镐京经战火后，昔日的宗庙宫室早已毁败。平王东迁后，一位朝中大臣行役至旧都，目之所及，唏嘘悲怆，彷徨良久不忍离去，因作此诗。

● 黍：糜子，小米。● 离离：繁茂貌。● 稷：高粱。● 迈：行。● 靡靡：步行迟缓貌。● 摇摇：心神不定貌。● 悠悠：犹“遥遥”，遥远。● 噎：喉咙堵塞，这里形容忧思之深，不能喘息。

君子于役

相传天子籍田千亩，诸侯百亩，天子、诸侯征用民力进行耕种。籍，犹借，名义上是天子、诸侯亲自耕种的，其实是凭借百姓民众之力来获得收成。在周宣王废止籍田制之前，公社农民只服兵役，不用缴纳车马兵甲等军需费用，但战时要当差，交纳食物草料。籍田制废止后，赋、税分离。各国行政的费用称之为税，而赋包括兵役和车马兵甲等军需费用的征收。

君子于役

君子于役，不知其期。曷至哉？鸡栖于埘。日之夕矣，羊牛下来。君子于役，如之何勿思！

君子于役，不日不月。曷其有佸？鸡栖于桀。日之夕矣，羊牛下括。君子于役，苟无饥渴！

丈夫服役远行在外，妻子不知归期，忧之深而思之切。

• 于：往。• 曷（hé）：何。• 至：回来，到家。• 埘（shí）：在墙上凿洞做成的鸡窝。• 佸（huó）：相会，团聚。• 桀（jié）：鸡栖息的小木架。• 括：至，集。• 苟：或许，但愿，表希冀。

君子阳阳

君子阳阳

君子阳阳，左执簧，右招我由房，其乐只且！

君子陶陶，左执翿，右招我由敖，其乐只且！

舞师、乐工一起歌舞，这样的场面洋溢着快乐和欢畅。

● 君子：这里指舞师。● 阳阳：喜乐自得貌。● 簧：乐器名。● 由房：宴饮时演奏的房中乐。● 只且：句尾语助词。● 陶陶：欢乐舒畅貌。● 翿（dào）：用五彩野鸡羽毛做成的扇形舞具。● 敖：舞曲名。

扬之水

扬之水

扬之水，不流束薪。彼其之子，不与我戍申。怀哉怀哉，曷月予还归哉！

扬之水，不流束楚。彼其之子，不与我戍甫。怀哉怀哉，曷月予还归哉！

扬之水，不流束蒲。彼其之子，不与我戍许。怀哉怀哉，曷月予还归哉！

兵卒戍守异地他乡，久而不得归，于是作此诗，希望能早日还家。

• 扬：水小缓流貌。• 不流：流不动。• 束薪：一捆薪柴。• 戍：戍守。• 申：诸侯国名，姜姓，在今河南唐河南。• 怀：想念。• 曷：何。• 楚：荆条。• 甫：诸侯国名，亦作“吕”，在今河南南阳一带。• 蒲：蒲柳。• 许：诸侯国名，在今河南许昌一带。

中谷有蓷

中谷有蓷

中谷有蓷，暵其干矣。有女仳离，慨其叹矣。
慨其叹矣，遇人之艰难矣。

中谷有蓷，暵其脩矣。有女仳离，条其啸矣。
条其啸矣，遇人之不淑矣。

中谷有蓷，暵其湿矣。有女仳离，啜其泣矣。
啜其泣矣，何嗟及矣。

一位妇女在饥荒年月遭到丈夫的离弃，走投无路，于是在诗中自悼其怨。

● 中谷：即谷中。● 蓷（tuī）：草名，益母草。● 暵（hàn）：干燥，干枯。● 仳（pǐ）离：分离，这里有遗弃之意。● 脩：干肉，这里谓干枯。● 条其：犹“条条”，长啸貌。● 湿：同“曝”，晒干。● 嗟：悲叹。

兔爰

有兔爰爰，雉离于罗。我生之初，尚无为。
我生之后，逢此百罹。尚寐无吪。

有兔爰爰，雉离于罦。我生之初，尚无造。
我生之后，逢此百忧。尚寐无觉。

有兔爰爰，雉离于罿。我生之初，尚无庸。
我生之后，逢此百凶。尚寐无聪。

在刚出生时，一切都还美好，其后却是无尽的动荡不安。一个没落贵族在乱世发厌世之哀吟。

• 爰爰：解脱，慢慢走。• 雉：野鸡。• 离：通“罹”，遭逢。• 罗：捕鸟兽的网。• 为：这里指军役之事。• 罹：忧患。• 尚：希冀。• 无吪（é）：不想说话，不想动。• 罦（fú）：又名“覆车”，捕鸟兽的网。• 造：作，为，这里指军役之事。• 无觉：不想醒来，不想看见。• 罿（tóng）：捕鸟兽的网。• 庸：用，这里指兵役。• 聪：听闻。

葛藟

葛藟

绵绵葛藟，在河之浒。终远兄弟，谓他人父。
谓他人父，亦莫我顾！

绵绵葛藟，在河之涘。终远兄弟，谓他人母。
谓他人母，亦莫我有！

绵绵葛藟，在河之漘。终远兄弟，谓他人昆。
谓他人昆，亦莫我闻！

东周王室衰微，诸侯角力，有人在战争的祸乱下流离失所，更失去家人宗族的护佑。

● 绵绵：枝叶连绵不绝。● 葛藟（lěi）：葛藤。● 浒：水边。● 终：既。● 谓：称呼。● 顾：理睬，关心。● 涘（sì）：水边。● 有：同“友”，亲近，亲爱。● 漘（chún）：深水边。● 昆：兄。● 闻：同“问”，问慰，恤助。

采葛

采葛

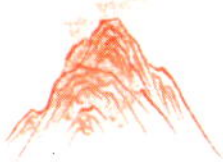

彼采葛兮，一日不见，如三月兮！

彼采萧兮，一日不见，如三秋兮！

彼采艾兮，一日不见，如三岁兮！

这是一曲怀念情人的恋歌。

萧：香蒿。 三秋：三个秋天，九个月。 艾：艾草。

大车

大车

大车槛槛，毳衣如菼。岂不尔思？畏子不敢。

大车哼哼，毳衣如璊，岂不尔思？畏子不奔。

穀则异室，死则同穴。谓予不信，有如皦日。

一位男子有可乘的大车，有考究的服饰，一个女子和他相爱相恋，想要一起私奔，又怕他不敢，于是指天为誓，为爱至死不渝。

● 大车：大夫乘坐的车。● 槛槛：车行之声。● 毳（cuì）衣：以细毛制成的绣有五彩花纹的礼服。● 菼（tǎn）：芦苇初生，嫩绿色。● 哼哼：车行颠簸迟重。● 璊（mén）：赤色玉石。● 奔：逃走，私奔。● 穀：生，活着。● 皦（jiǎo）：同“皎”，明亮。

丘中有麻

古时男女成年要举行仪式，男子称“冠礼”，女子称“笄礼”。男子二十而加冠，女子十五许嫁时行加笄之礼，未许嫁则年至二十再行笄礼。女子把头发绾结成一个髻，用束发的布帛（“缅”）包住，然后由女家邀请的女宾为其插上笄，以固定发髻。

男子的冠礼由父亲主持进行，大致分为卜筮（确定冠礼的日子、时辰和宾客）、加冠（穿戴衣帽）、取字（宾客为冠者取字）等步骤。冠礼后，主人送宾客出门，冠者逐一拜见家人亲戚，还要换上常服，带上雉之类的礼物去拜见地方长官和乡贤尊长等。

丘中有麻

丘中有麻，彼留子嗟。彼留子嗟，将其来施。

丘中有麦，彼留子国。彼留子国，将其来食。

丘中有李，彼留之子。彼留之子，贻我佩玖。

一位女子在诗中自述与心上人从相识、相会到定情的过程。

• 留：通“刘”，刘邑，以刘为氏。• 子嗟：刘氏宗族中的一位男子的名字。• 将：请。• 施：帮助。• 子国：子嗟的父亲。• 食：给人以食。• 子：这里指子嗟。• 贻：赠送。• 玖：似玉的黑色美石，可制成配饰。

郑风

公元前806年，周宣王封其弟姬友于郑（今陕西华县东），是为郑桓公。幽王时，郑桓公见西周将亡，将财产、部族、家属，以及商人东迁于郐和东虢之间。犬戎攻破镐京时，郑桓公被杀，其子掘突继位，是为郑武公，先后攻灭郐和东虢，建立郑国。

《郑风》共二十一篇，皆为春秋前期、中期郑国的地方歌诗。郑国地处中原，北临黄河，西与周王室相连，交通便利，经济发达；春秋初期，郑国的国君又是周王室的卿士，政治地位特殊，故而《郑风》紧随《王风》之后。

緇衣

时至春秋，周王室逐渐丧失了天下共主的地位，不再是全国的大宗。诸侯国开始称王争霸，与周天子分庭抗礼，不再唯命是从，于是——政由方伯。春秋时期逐渐形成了“官失而百职乱”的职官体制。例如郑国之六卿以“当国”为首来主持国政。六卿的次第分别为：当国、为政（参与政事而不能专）、司马（军事）、司空（营建）、司徒（教化）和少正（治事）；另外还有司寇（掌都城内的刑典）、野司寇（分管郊野之民）、令正（主掌辞令）和行人（掌理外事，充任使者）等。

缁衣

缁衣之宜兮，敝，予又改为兮。适子之馆兮，
还，予授子之粲兮。
缁衣之好兮，敝，予又改造兮。适子之馆兮，
还，予授子之粲兮。
缁衣之席兮，敝，予又改作兮。适子之馆兮，
还，予授子之粲兮。

平王东迁前后，郑国国君相继担任过周王室的卿士，总管王朝的政事。古代卿大夫到官署处理政事，要穿黑色朝服——缁衣。按传统之见，这首赠衣诗是赞美郑武公有好贤的品行。

• 缁衣：黑色衣服，这里指朝服。• 宜：合身，合体。• 敝：破旧，破烂。• 为：制作。• 适：往。• 馆：官舍。• 粲：鲜盛貌，这里指新衣。• 席：宽大。

将仲子

将仲子

将仲子兮！无逾我里，无折我树杞。岂敢爱之？
畏我父母。仲可怀也，父母之言，亦可畏也。

将仲子兮！无逾我墙，无折我树桑。岂敢爱之？
畏我诸兄。仲可怀也，诸兄之言，亦可畏也。

将仲子兮！无逾我园，无折我树檀。岂敢爱之？
畏人之多言。仲可怀也，人之多言，亦可畏也。

这是一首情歌。女子在诗中告求心上人不要夜里翻墙来和她相会，否则父母和兄长会责怪她，邻里左右也会有议论。

• 将：请，央告。• 仲子：爱称。仲，意为家中排行中居二。• 逾：翻越，越过。• 里：五家为邻，五邻为里，每里皆有墙。• 折：攀踩折断。• 杞：杞柳。• 桑：桑树。古时宅院多种此树。

叔于田
酒

叔于田

叔于田，巷无居人。岂无居人？
不如叔也。洵美且仁。
叔于狩，巷无饮酒。岂无饮酒？
不如叔也。洵美且好。
叔适野，巷无服马。岂无服马？
不如叔也。洵美且武。

太叔段，是郑武公的少子，郑庄公的弟弟，母亲武姜爱之，曾欲立为太子，而武公不许。及庄公立，封之于京，叔段在京邑整顿武备，缮甲治兵，与母合谋袭击庄公，最终失败外逃至鄢，后又出奔至共，故又称共叔段。这首诗赞美叔段田猎时的英俊勇武。

● 叔：郑庄公的弟弟太叔段。● 于：往。● 田：打猎。● 洵：确实，诚然。● 饮酒：指饮酒的人。● 野：郊外。● 服马：驾马，乘马。

大叔于田

古人有言："国之大事，在祀与戎。"祀，祭祀典礼；戎，与武备相关的军礼。

军队不但要整顿训练，还要进行检阅，以庄重其事，郑重其事。自国家战备的角度而言，田猎并非只是个体娱乐，而是集体打猎习俗的传承和演变，最终成为一种兼具仪式感和实战性的军训。是打猎，亦是演习，一年四季都要进行：春天的称之为"蒐"，夏天为"苗"，秋天为"狝"，冬天为"狩"。

大叔于田

叔于田，乘乘马。执辔如组，两骖如舞。
叔在薮，火烈具举。袒裼暴虎，献于公所。
将叔勿狃，戒其伤女。

叔于田，乘乘黄。两服上襄，两骖雁行。
叔在薮，火烈具扬。叔善射忌，又良御忌。
抑磬控忌，抑纵送忌。

叔于田，乘乘鸨。两服齐首，两骖如手。
叔在薮，火烈具阜。叔马慢忌，叔发罕忌，
抑释掤忌，抑鬯弓忌。

庄公立为国君，封弟段于京，称京城大叔。大，通“太”。这首诗以铺陈的手法描绘涉猎场面，赞美太叔段精射善御。正因庄公对弟弟的放纵不加管束，使得太叔段愈发矜其勇武，此诗又有讽刺之意在。

乘（shèng）马：一车四马为一乘。辔（pèi）：马缰绳。组：以丝织成的带子。句意谓手执六条缰绳，如同丝带一般轻松自如，言驾驭技术高。骖：驾车时分居两侧的马匹。薮：指禽兽聚居的草木沼泽处。火烈：放火烧草木以遮断兽类逃走的路线。烈，即古“迾”字，遮。具：通“俱”。裼（xī）：脱去上衣露出身体。暴虎：赤手空拳，与虎博斗。暴：通“搏”。公所：这里指郑庄公处所。将：请。狃（niǔ）：习以为常而麻痹大意。戒：警惕。女：通“汝”。黄：黄马。服：一车四马中的中间两匹马。襄：同“骧”，马头昂起。雁行：大雁飞行成列，一字排开。这里指马车的排列方式。忌：语助词。抑：发语词。磬：纵马驰骋。控：引辔以御马。纵：发箭。送：逐禽。鸨（bǎo）：黑白杂色的马。如手：犹如左右手一样从容自如。阜：旺盛。罕：少。掤（bīng）：装箭的筒盖。鬯（chàng）：通“韔”，弓袋，这里谓装进弓袋。

夏族、商族和周族先后建立了夏、商、周三个朝代，与此同时，边疆四方还分布着夷、蛮、戎、狄等氏族集团。西周王室覆亡，平王东迁，北方出现了戎狄交相侵入中原各国的局面。春秋初年，在诸侯各国纷争之际，狄族从今山西、陕西向东发展，势力一直抵达黄河下游，即今河北、河南以及山东地区。异族不断入侵骚扰，诸侯各国感受到直接的威胁，于是希求振兴华夏族的力量和权威，以期协作抵御外敌的进犯。

清人

清人在彭，驷介旁旁。二矛重英，河上乎翱翔。

清人在消，驷介麃麃。二矛重乔，河上乎逍遥。

清人在轴，驷介陶陶。左旋右抽，中军作好。

郑文公十三年（前660年），狄人侵入与郑国隔河相望的卫国。文公担心狄人进攻郑国，于是下令让 大臣高克领兵驻扎在黄河边上进行防御。文公原本就憎恶高克，把他派出去的时间长了，也不想着 召回。士兵在那里整日遨游玩乐，最后以溃散了事。高克只得逃亡到陈国。这首诗讽刺驻扎在清邑 的军队，对高克和文公亦有斥责之意。

• 清：郑国邑名。• 彭：地处在郑、卫边境黄河边上的卫国城邑。• 驷：同驾一辆车的四匹马。• 介：甲。• 旁旁：马强壮有力貌。• 英：矛柄上的羽毛饰物。• 翱翔：遨游，这里指不进不退，逛荡。• 消：郑国地名，在黄河边。• 麃麃：勇武貌。• 乔：雉鸟的羽毛，装饰矛柄。• 逍遥：悠闲漫步，游玩。• 轴：郑国地名，在黄河边。• 陶陶：马奔驰貌。• 左旋：战车向左转。• 右抽：抽拔武器攻击。• 中军：军中。• 作好：做表面文章，这里有戏玩之意。

羔裘

羔裘

羔裘如濡，洵直且侯。彼其之子，舍命不渝。

羔裘豹饰，孔武有力。彼其之子，邦之司直。

羔裘晏兮，三英粲兮。彼其之子，邦之彦兮。

这首诗赞美昔日大夫的忠于职守、勇武诚信，以讽刺今日的当权者。

● 羔裘：羔羊皮制成的成衣，卿大夫级别的贵族朝服。● 生命如：乃，而。● 濡（rú）：柔顺有光泽。● 洵：确实，诚然。● 直：顺直。● 侯：美丽。● 舍：舍弃。● 命：生命。● 渝：改变。● 豹饰：以豹皮装饰袖口。● 孔：甚。● 司直：官名，进谏君主过失，检举不法。● 晏：柔暖貌。● 英：犹“缨”，皮袄上装饰用的丝绳。● 粲：鲜明。● 彦：通“宪”，法则，模范。

遵大路

遵大路

遵大路兮，掺执子之祛兮。无我恶兮，不寁故也！

遵大路兮，掺执子之手兮。无我魗兮，不寁好也！

这首恋歌描画了一个经典场景：大路上苦苦挽留，情人间哀哀诉求。

• 遵：循，沿着。• 掺（shǎn）：执，持。• 祛：袖口。• 无：勿，不要。• 恶：厌恶。• 寁（zǎn）：快速离开。• 魗（chǒu）：丑，引申为可恶，嫌弃，抛弃。• 好：相好。

女曰鸡鸣

女曰鸡鸣

女曰鸡鸣，士曰昧旦。子兴视夜，明星有烂。
将翱将翔，弋凫与雁。
弋言加之，与子宜之。宜言饮酒，与子偕老。
琴瑟在御，莫不静好。
知子之来之，杂佩以赠之。知子之顺之，
杂佩以问之。知子之好之，杂佩以报之。

这首诗以对话的形式，描述了一对夫妇美满和谐的家庭生活，情感真挚而笃厚。

● 昧旦：天未明而将明。昧，即将天明。旦，早晨。● 兴：起身，这里谓起床。● 视夜：察看夜色如何。● 明星：启明星。● 烂：明亮。● 翱：与下文的翔皆为鸟飞貌，喻人出门干活。● 弋（yì）：用带丝绳的箭射鸟。● 凫（fú）：野鸭。● 言：语助词。● 加：射中。● 宜：烹调菜肴。● 御：用，这里是弹奏的意思。● 来：勤劳。● 杂佩：身上佩戴的珠玉饰物。● 顺：柔顺，和蔼。● 问：赠送。

有女同车

有女同车

有女同车，颜如舜华。将翱将翔，佩玉琼琚。
彼美孟姜，洵美且都。
有女同行，颜如舜英。将翱将翔，佩玉将将。
彼美孟姜，德音不忘。

一个男子与一个姜姓女子同车出行。这首恋歌以男子的口吻，极力赞美这位女子的容貌德行。

● 舜：木槿。● 华：古“花”字。● 翱：与下文的翔均指女子下车行走时步态轻盈。● 琼琚：美玉。● 孟：排行居长，这里指长女。● 姜：姓。● 洵：确实，诚然。● 都：娴雅。● 将将：拟声词，佩玉相击之声。● 德音：好声誉。● 不忘：犹“不亡”，不已，流传久远。

山有扶苏

山有扶苏，隰有荷华。不见子都，乃见狂且。

山有桥松，隰有游龙，不见子充，乃见狡童。

这是一首情诗。女子与恋人约会时，俏皮地戏谑对方。

• 扶苏：亦作扶疏，树名。• 华：古“花”字。• 子都：古时著名的美男子。• 狂且（jū），这里代指自己的恋人。且，通“伹”，拙，钝。• 桥：通“乔”，高大。• 游龙：草名，荭草。• 子充：古时美男子。• 狡童，犹言小家伙。狡，狡黠。

萚兮

萚兮萚兮，风其吹女。叔兮伯兮，倡予和女。

萚兮萚兮，风其漂女。叔兮伯兮，倡予要女。

男女欢会之时，女子领唱，让男子与自己对歌唱和。

● 萚（tuò）：落叶。草木皮叶落地为萚。● 女：通“汝”，这里指萚。● 叔：与下文的伯在这里当是指同辈兄弟之称。● 倡：唱。● 和：应和。● 漂：通“飘”，吹。● 要：邀，约请。

狡童

狡童

彼狡童兮，不与我言兮。维子之故，使我不能餐兮。

彼狡童兮，不与我食兮。维子之故，使我不能息兮。

恋人之间闹了小矛盾，起了小波澜，女子正为此心神不宁。

● 彼：那个。● 维：通“唯”，以。● 子：指狡童。● 息：喘息，呼吸。

褰裳

褰裳

子惠思我，褰裳涉溱。
子不我思，岂无他人？狂童之狂也且！

子惠思我，褰裳涉洧。
子不我思，岂无他士？狂童之狂也且！

这是情人之间的戏谑之词，女子似在责备男子对自己爱得不够热烈。

• 惠：爱。• 褰（qiān）：撩起。• 裳：裙衣。• 涉：渡河。• 溱（zhēn）：郑国水名。• 狂童：愚昧的小家伙。• 也且（jū）：语气词。• 洧（wěi）：郑国水名。

丰

子之丰兮，俟我乎巷兮，悔予不送兮。

子之昌兮，俟我乎堂兮，悔予不将兮。

衣锦褧衣，裳锦褧裳。叔兮伯兮，驾予与行。

裳锦褧裳，衣锦褧衣。叔兮伯兮，驾予与归。

男子前来迎亲，女子不肯随行，过后又懊悔不已，希望对方再次来迎娶。

● 丰：容貌丰满。● 予：我。● 昌：盛壮美好。● 将：送。● 衣：这里用作动词，穿衣。● 褧（jiǒng）：以细麻制成的罩衣。● 叔：与下文的伯在这里指迎亲之人。● 驾：驾车。● 行：出嫁。● 归：出嫁。

东门之墠

东门之墠

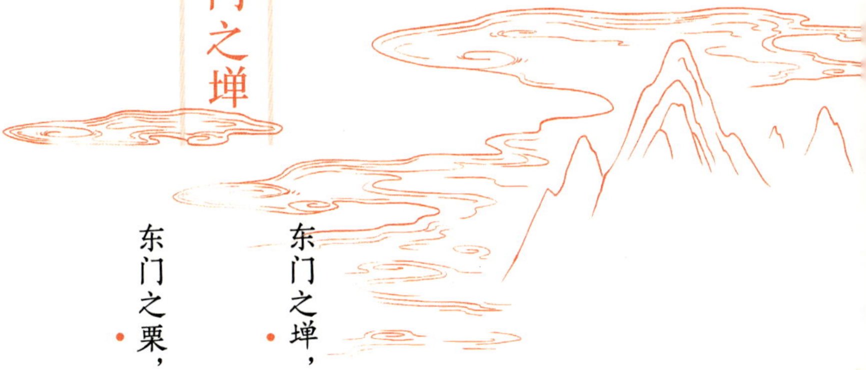

东门之墠，茹藘在阪。其室则迩，其人甚远。

东门之栗，有践家室。岂不尔思？子不我即！

女子爱恋一位男子，却有咫尺天涯之感，她希望对方以礼相近，到自己家里来。

墠（shàn）：郊外平整之地。茹藘（lú）：草名，茜草。阪：山坡，斜坡。迩：近。栗：栗树。践：善。不我即："不即我"的倒文。即，相就，接近。

风雨

风雨

风雨凄凄，鸡鸣喈喈，既见君子。云胡不夷？

风雨潇潇，鸡鸣胶胶。既见君子，云胡不瘳？

风雨如晦，鸡鸣不已。既见君子，云胡不喜？

风雨，是天气，是世道，亦是心境。妻子和丈夫在此中久别重逢，那是何等喜悦。

• 喈喈：鸡叫声。• 云：句首语助词。• 胡：何，怎么。• 夷：通“怡”，喜悦。• 胶胶：鸡鸣声。胶，通“嘐”。• 瘳（chōu）：痊愈。• 如：而且。• 晦：天色昏暗。

子衿

子衿

青青子衿，悠悠我心。纵我不往，子宁不嗣音？

青青子佩，悠悠我思。纵我不往，子宁不来？

挑兮达兮，在城阙兮。一日不见，如三月兮。

女子在城阙处等候恋人，望穿秋水，焦急万分，嗔怪中又爱意满满。

• 子：你。• 衿：古代衣服的交领。• 宁：岂，难道。• 嗣音：传音讯。• 佩：佩玉。或佩玉为青色，或系玉的丝带为青色。• 挑：与下文的达指来回走动貌。• 城阙：城门左右的高台。

扬之水

扬之水

扬之水，不流束楚。终鲜兄弟，维予与女。
无信人之言，人实迂女。
扬之水，不流束薪。终鲜兄弟，维予二人。
无信人之言，人实不信。

诗篇以好言相劝，不要听信挑拨离间者的那些闲话。

扬：水小缓流貌。不流：流不动。束楚：一捆荆条。终：既。维：只，仅。女：通“汝”，你。言：指挑拨离间之言。迂（guàng）：欺骗。薪：薪柴。

出其东门

出其东门

出其东门，有女如云。虽则如云，匪我思存。
缟衣綦巾，聊乐我员。

出其闉阇，有女如荼。虽则如荼，匪我思且。
缟衣茹藘，聊可与娱。

此诗表达男子只钟情于心上人，忠贞不贰。

• 东门：郑国都城的东门。• 如云：比喻众多。• 匪：通“非”。• 思存：思念之所在。• 缟（gǎo）：白色。• 綦（qí）：浅绿色。• 聊：姑且。• 员：语助词。• 闉阇（yīndū）：城门外的半环形墙，上筑高台，又称瓮城。• 荼：茅草、芦苇之类开的白花，野地多有，这里喻众多。• 且（cú）：通“徂”，存念。• 茹藘（lú）：茜草，这里代指绛红色的佩巾。

野有蔓草

野有蔓草

野有蔓草，零露漙兮。有美一人，清扬婉兮。
邂逅相遇，适我愿兮。

野有蔓草，零露瀼瀼。有美一人，婉如清扬。
邂逅相遇，与子偕臧。

一对男女不期而遇，一见钟情，因相悦而结合在一起。

● 蔓：蔓延。● 零：降，落下。● 漙（tuán）：露水多，或言露珠圆。● 清扬：眉目清秀。● 婉：美。● 适：符合，适宜。● 瀼瀼：露浓貌。● 臧：善，好。

溱洧

殷商时代尤其重视祭祀，流传下数量可观的宗庙祭祀乐歌。周朝建立之始，曾接收殷商王室的档案文献，其中即有祭歌作品的记录。先民们崇拜主宰一切的天帝上帝，礼赞神明神灵的祖先，敬畏日月星辰、山川江海、风雨雷电，乃至动植万物……于是乎，巫觋歌舞降神，苍生虔敬事神。在古老的诗中，人心始终都与神祇同在。

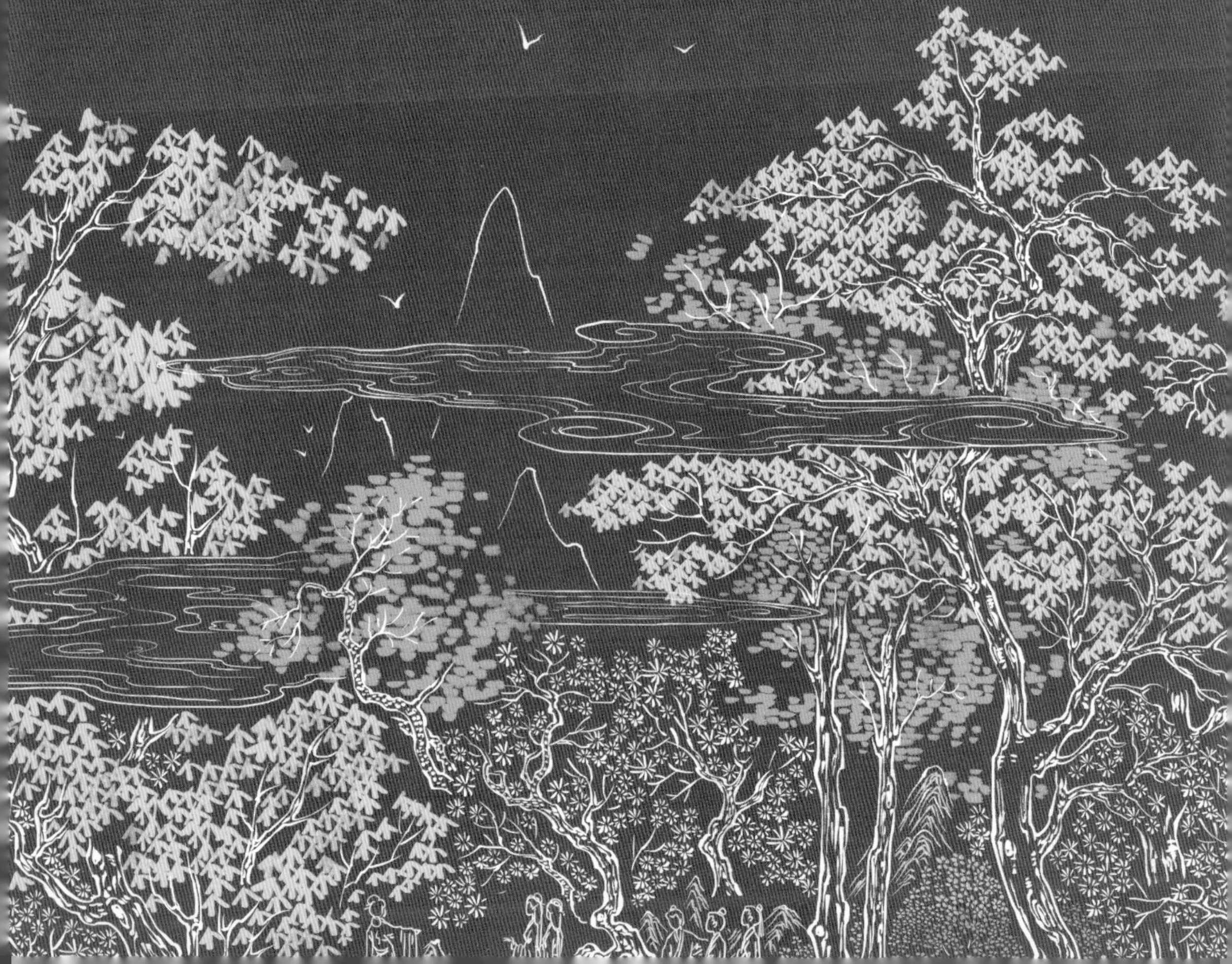

溱洧

溱与洧，方涣涣兮。士与女，方秉蕑兮。女曰观乎？
士曰既且。且往观乎？洧之外，洵訏且乐。
维士与女，伊其相谑，赠之以勺药。

溱与洧，浏其清矣。士与女，殷其盈矣。女曰观乎？
士曰既且。且往观乎？洧之外，洵訏且乐。
维士与女，伊其将谑，赠之以勺药。

三月的上巳日，郑国的青年男女相约在溱、洧水岸游春踏青，洁身嬉游以拂除不祥，互赠香草以传情达意。这首诗描写了古老节日的情形。

• 溱（zhēn）：与下文的洧（wěi）皆为水名，流经郑国都城附近。• 方：正。• 涣涣：水盛貌。• 秉：执，拿。• 蕑（jiān）：香草名，泽兰。• 既：已。• 且往：姑且再次前往。且，通“徂”，往。• 洵：确实，诚然。• 訏（xū）：大。• 维：语助词。• 伊：嘻笑貌。• 相谑：相互调笑。• 勺药：香草名。• 浏：水清澈貌。• 殷其：犹“殷殷”，殷，众多。

齐风

吕尚，又称姜尚，号太公望，文王与之相遇于渭水之阳，立为师，后佐武王克商有功，封于齐，建都营丘（今山东临淄）。齐国原为东夷之地，吕尚因其俗，简其礼，推行尊贤上功的政策，在发展经济时能因地制宜，通工商之业，便鱼盐之利，成为一个经济大国；在周成王时获命征讨武庚和管、蔡之乱，又成一个政治军事大国。

《齐风》共十一篇，大多产生在春秋前期和中期，多为上层社会以及士阶层的作品。

鸡鸣

鸡鸣

鸡既鸣矣，朝既盈矣。匪鸡则鸣，苍蝇之声。

东方明矣，朝既昌矣。匪东方则明，月出之光。

虫飞薨薨，甘与子同梦。会且归矣，无庶予子憎。

在夫妻床头的一问一答中，我们看出一个是贤妇，一个是恋床不肯上朝的懒政者。此诗看似闺房嬉乐之作，又有警劝之意在。

• 朝：朝廷。• 匪：通“非”。• 则：之。• 昌：盛，这里谓人多。• 薨薨：昆虫群飞之声。• 甘：甘愿，乐意。• 会：朝会，君臣相会议事。• 且：即将。• 归：朝事结束后归去。• 无庶：犹“庶无”，希望。• 予：给与，遗留。• 憎：厌恶，讨厌。

《诗经》三百零五篇，我们今天已经无法一一考证每篇的产生年代，目前也只能大致确定最早的创作于西周初年，最晚的产生在东周时期的春秋中叶。也就是说，“诗三百”皆为周诗。其中有些作品可能是前代口口相传而来的，或是更古老的祭歌的传本，但它们都经由周代的记录、加工和整理，并最后予以大致写定成为“定本”，故而仍可归属到周代。

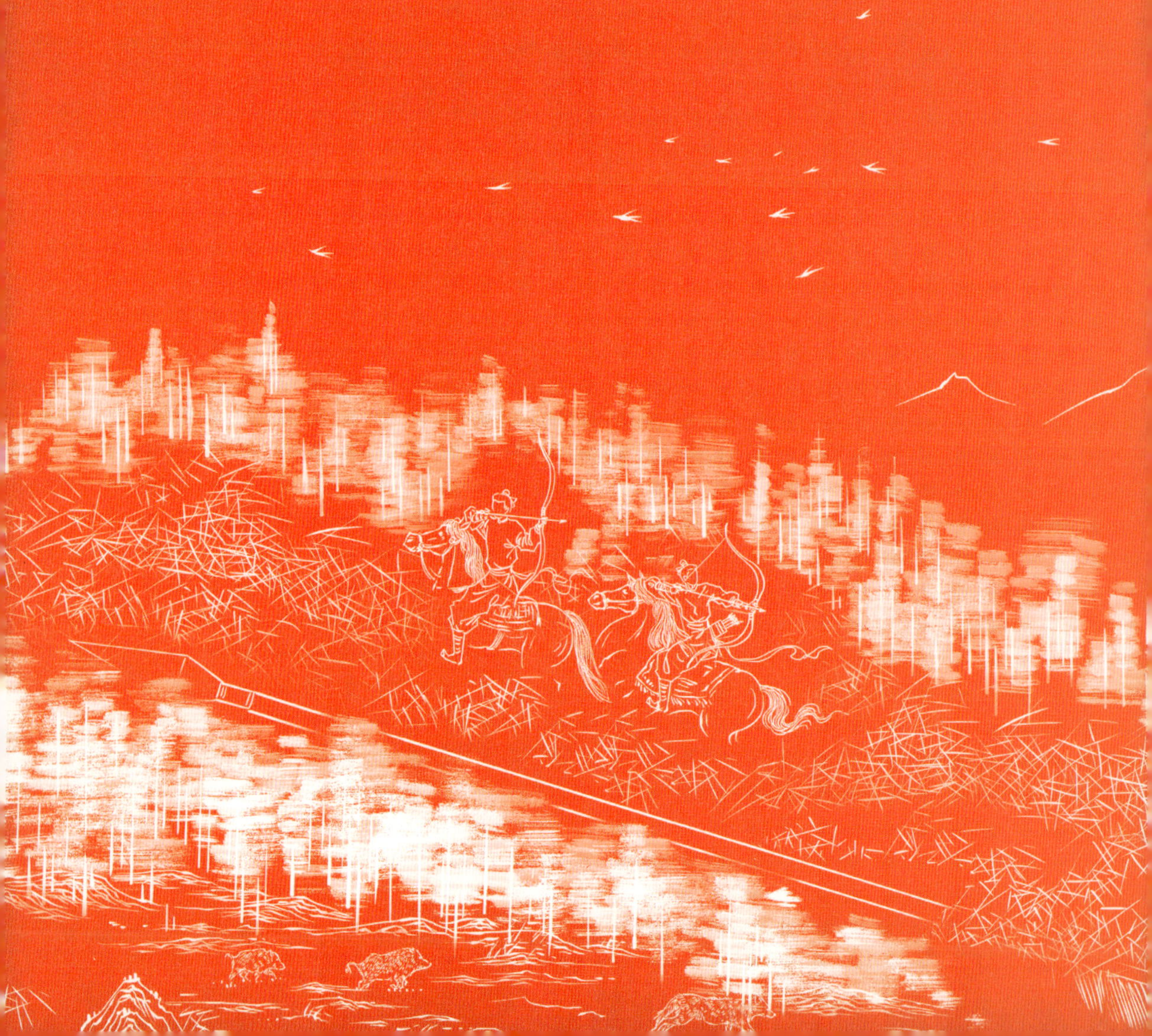

还

子之还兮，遭我乎峱之间兮。并驱从两肩兮，揖我谓我儇兮。

子之茂兮，遭我乎峱之道兮。并驱从两牡兮，揖我谓我好兮。

子之昌兮，遭我乎峱之阳兮。并驱从两狼兮，揖我谓我臧兮。

两位猎人在山间相遇，协作互助，由衷地赞美彼此。

• 还：通“旋”，便捷，快速。• 遭：逢，遇到。• 峱（náo）：山名，在今山东淄博南。• 从：追逐。• 肩：三岁的大兽。• 揖：作揖。• 儇（xuān）：轻捷，灵巧。• 茂：这里谓打猎技术好。• 昌：美健貌。• 阳：山南为阳。• 臧：善。

着

著

俟我于著乎而，充耳以素乎而，尚之以琼华乎而。

俟我于庭乎而，充耳以青乎而，尚之以琼莹乎而。

俟我于堂乎而，充耳以黄乎而，尚之以琼英乎而。

这篇作品从新娘的视角描写夫婿前来迎娶自己的情景，字里行间洋溢着新婚的幸福感。

• 俟（sì）：等待。• 著：古时宅院的大门和屏风之间的地方。• 乎而：语尾助词。• 充耳：自男子的冠冕两旁悬垂下来的饰物，下垂及耳，可塞耳以避听。缠系充耳的丝线杂以白、青、黄三色。• 素：白色。• 尚：加，增添。• 琼华：美玉之光华。• 莹：玉石之晶莹。• 英：通“瑛”，玉石之光泽。

东方之日

东方之日

东方之日兮，彼姝者子，在我室兮。
在我室兮，履我即兮。
东方之月兮，彼姝者子，在我闼兮。
在我闼兮，履我发兮。

这是一首描绘男女幽会的情诗。

● 姝：美丽。● 子：女子。● 履：踩。● 即：通“膝”，膝盖。古人席地而坐而卧，因亲近而踩踏到了膝盖。● 闼（tà）：门内夹室。● 发：脚，足。

东方未明

东方未明

东方未明，颠倒衣裳。颠之倒之，自公召之。

东方未晞，颠倒裳衣。倒之颠之，自公令之。

折柳樊圃，狂夫瞿瞿。不能辰夜，不夙则莫。

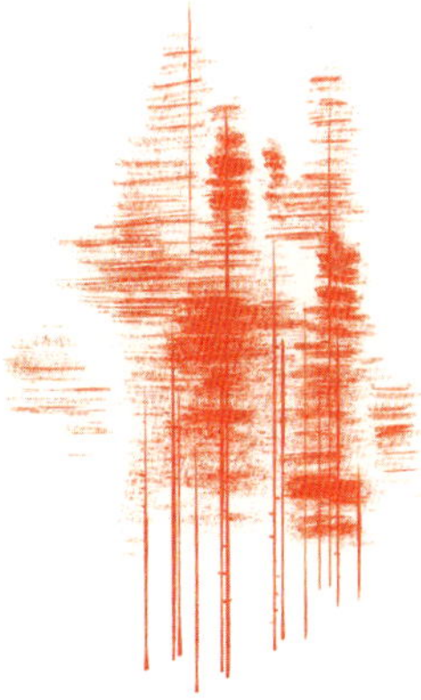

当政者不按时序发施号令，劳役者不胜其苦，由此在诗中表达怨愤之情。

● 衣裳：上为衣，下为裳。● 召：召唤。● 晞：破晓。● 樊：编篱笆围墙。● 圃：菜园子。● 瞿瞿：瞪眼张目，怒视貌。● 辰：通“晨”。● 夙：早。● 莫：同“暮”。

南山

南山

南山崔崔，雄狐绥绥。鲁道有荡，齐子由归。
既曰归止，曷又怀止？

葛屦五两，冠緌双止。鲁道有荡，齐子庸止。
既曰庸止，曷又从止？

蓺麻如之何？衡从其亩。取妻如之何？必告父母。
既曰告止，曷又鞠止？

析薪如之何？匪斧不克。取妻如之何？匪媒不得。
既曰得止，曷又极止？

齐襄公在还是太子时即与同父异母的妹妹文姜有私情。其后文姜嫁给鲁桓公，并在前694年与丈夫鲁桓公一起到访齐国。齐襄公与文姜再度私通，还派人杀死了桓公。此诗讽刺齐襄公的淫乱无耻。

• 崔崔：山高大貌。• 绥绥：走路迟缓，往复徘徊，谓追逐自己的配偶。• 有荡：犹“荡荡”，平坦，广大。• 齐子：齐国的女子，这里指文姜。• 归：出嫁。• 曷：为何。• 怀：想念。• 葛屦（jù）：以葛布制成的鞋。• 五两：犹成双成对。五，古“伍”字，行列。• 緌（ruí）：帽带系结后的下垂部分。• 止：语助词。• 庸：用，谓出嫁。• 从：跟从，谓文姜顺从其兄。• 蓺：种植。• 衡从：犹“横纵”，南北曰纵，东西曰横。• 鞠（jū）：穷尽，极其所欲。• 析：劈，砍。• 匪：通“非”。• 克：能，完成。• 取：同“娶”。

莆田

甫田

无田甫田，维莠骄骄。无思远人，劳心忉忉。

无田甫田，维莠桀桀。无思远人，劳心怛怛。

婉兮娈兮。总角丱兮。未几见兮，突而弁兮！

思亲念远，其中又有不可厌小求大的劝诫之辞，颇具理致。

• 无：勿，不要。• 田：耕种田地。• 甫田：大田。• 维：发语词。• 莠：狗尾草。• 骄骄：草高而盛貌。• 忉忉：忧虑貌。• 桀桀：犹“揭揭”，草高貌。• 怛怛：忧伤不安貌。• 婉：与下文的娈指年少而美好。• 总角：孩童束发为两髻，分扎在头两旁，似牛羊角。• 丱（guàn）：两角对称竖起。• 未几：不久。• 弁（biàn）：帽子，这里指年满二十而戴冠，表已成年。

卢令

卢令

卢令令，其人美且仁。

卢重环，其人美且鬈。

卢重鋂，其人美且偲。

这首诗赞美猎人，还有其身边的猎犬。

● 卢：黑色的猎犬。● 令令：狗戴的套环发出的声响。● 其人：这里指猎人。● 重（chóng）环：两个环，大环套小环。● 鬈（quán）：健壮勇猛。● 鋂（méi）：一个大环套两个小环。● 偲（cāi）：多才。

敝笱

敝笱在梁，其鱼鲂鳏。齐子归止，其从如云。

敝笱在梁，其鱼鲂𫚈。齐子归止，其从如雨。

敝笱在梁，其鱼唯唯。齐子归止，其从如水。

嫁至鲁国的文姜多次往来于齐、鲁两国，与其兄行秽垢之事。齐人唱出这首歌诗，委婉地讽刺孱弱的鲁国国君不能防备之，不能约束之。

敝：破败。笱（gǒu）：竹笼，捕鱼之具。梁：用来捕鱼的河中小坝。鲂（fáng）：鱼名，鳊鱼。鳏（guān）：鱼名，鲲鱼。齐子：指文姜。归：回到娘家齐国。从：仆从，随从。如云：比喻多。𫚈（xù）：鱼名，鲢鱼。唯唯：鱼从容出游。

载驱

据说时至周代还存在着一种古老的制度：朝廷派出专门的官员——或称之为“行人”“道人”，或命名曰“轩车使者”，到各地采集民间歌谣，为的是观风俗，知得失，了解民情，省察纠正政教施行的得失。男男女女若有所怨恨，他们在一起，相从而歌，歌咏自己正经历着的真实生活，“饥者歌其食，劳者歌其事”。这些歌谣作品逐级汇集上达，以至传到天子那里，王者可以足不出户，尽知天下所“苦”。

载驱

载驱薄薄，簟笰朱鞹。鲁道有荡，齐子发夕。

四骊济济，垂辔沵沵。鲁道有荡，齐子岂弟。

汶水汤汤，行人彭彭。鲁道有荡，齐子翱翔。

汶水滔滔，行人儦儦。鲁道有荡，齐子游敖。

齐襄公与文姜行苟且之事，不以为丑，反而盛其车服，让车马疾行在两国都邑的大道上，招摇过市。此诗予以讥刺。

• 载：语助词，加强语气。• 薄薄：拟声词，车马疾驰声。• 簟笰（diànfú）：以竹席制作成的车蓬。• 朱鞹（kuò）：用染红的兽皮做成的车盖。• 有荡：犹“荡荡”，平坦。• 齐子：指文姜。• 发夕：早晨出行为发，晚上停宿为夕。• 骊：黑色马。• 济济：众多马匹的毛色大小整齐貌。• 辔：马缰绳。• 沵沵：柔软美好。• 岂弟：通“闿圛”，与上文的“发夕”相对，发夕，侵夜而行；闿圛，将明而行。• 汶水：水名，汶河。• 汤汤：水势盛大。• 彭彭：众多貌。• 翱翔：像鸟儿一样遨游，这里谓不进入鲁国。• 儦儦：众多貌。• 敖：同“遨”。

猗嗟

射礼，很古老，是礼乐制度的一部分。古人重武习射，射礼大概起源于武艺技能的传承教习，在西周时逐步完善——文和武合而为一，宴饮和竞技融而为一。孔子说：“君子无所争。必也射乎！揖让而升，下而饮，其争也君子。”君子，其实没什么可争的，如果一定要争，恐怕就是射礼了吧。先打躬作揖，行谦让之礼，然后登堂——进行射箭比赛，比试完毕再行谦让之礼；下堂，行谦让之礼，最后胜者罚负者饮酒，还要再次登堂，再行揖让之礼。这样的竞争比拼，方不失为君子之争。

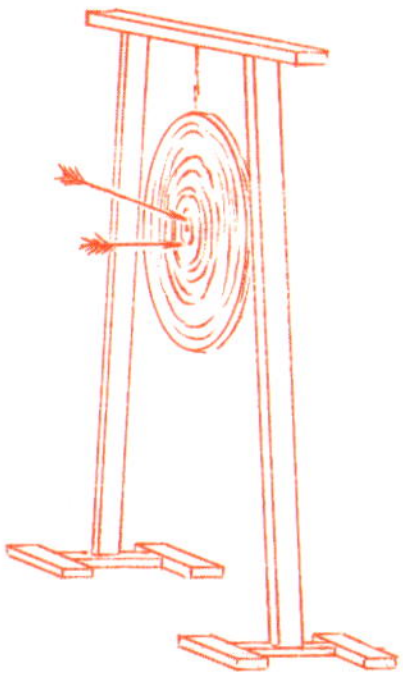

猗嗟

猗嗟昌兮！颀而长兮。抑若扬兮，美目扬兮。
巧趋跄兮，射则臧兮。

猗嗟名兮，美目清兮。仪既成兮，终日射侯，
不出正兮，展我甥兮。

猗嗟娈兮！清扬婉兮。舞则选兮，射则贯兮，
四矢反兮，以御乱兮。

一位少年射手，非但身体强壮，容貌俊俏，而且射艺精湛。或以为这个射手是文姜之子，即后来的鲁庄公。

• 猗嗟：赞叹声。• 昌：强壮，美盛。• 抑若扬兮：抑，通“懿”，美。扬，神情昂扬。此句赞射手额头美好。• 扬：张目瞻视，眼睛清明。• 趋跄：步履快而有节奏貌。• 臧：好，娴熟。• 名：借为“明”，面目明净。• 侯：以布或兽皮制成的箭靶。• 正：箭靶的中心区域。• 展：诚然，确实。• 甥：外甥。• 娈：俊美。• 选：整齐。• 贯：射中。• 反：反复，这里谓取回箭再射。• 御乱：防御暴乱。

魏风

魏，本为周初的封国，在今山西芮城一带。武王克殷后，封异母弟姬高于毕，是为毕公高。春秋时期，晋献公灭魏，封毕公高的后人毕万于魏，因其国名为魏。这里是虞舜、夏禹所都之地，地处黄河大拐弯处，北枕中条山，西南临黄河，地势狭长，在地理地域上相对独立。

《魏风》共七篇。春秋时期，魏国地狭而瘠，又旱涝无常，灾害频仍，人民生活困苦，负担重，故而有讽刺贪鄙的篇章。

葛屦

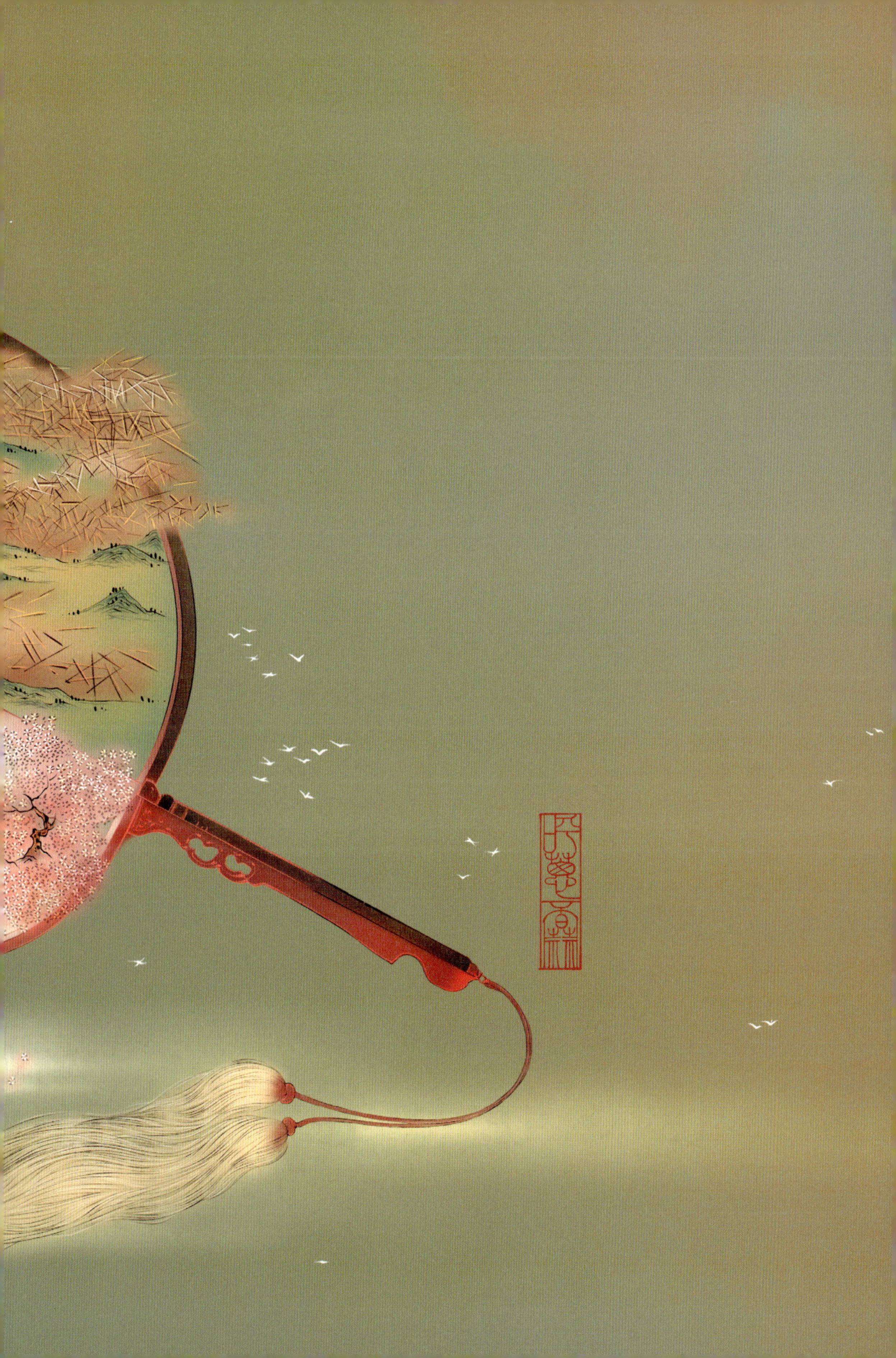

西周时期强调“五方正色”——东方为青，南方为赤，中为黄，西方为白，北方为黑，还有“五方间色”——绿、红、碧、紫和骝黄，它们之间有严格的区分，以示尊卑不同。贵族阶层要按等级穿戴不同颜色的衣冠。时至春秋，这样的色彩制度逐渐毁弃掉了，例如齐桓公爱穿紫色衣服，让国中百姓也都穿紫衣，而齐景公则好穿花衣，一身衣服满是五颜六色。

葛屦

纠纠葛屦，可以履霜？掺掺女手，可以缝裳？
要之襋之，好人服之。
好人提提，宛然左辟，佩其象揥。
维是褊心，是以为刺。

缝衣女在诗中自述苦楚，又描述贵妇人的富足安乐，比照之下，讽刺之意立见。

● 纠纠：缠结、交错貌。● 葛屦（jù）：即以葛草编织的鞋，夏天穿。屦，鞋。● 可：音义皆为“何”。● 履：踩踏。● 掺掺：犹“纤纤”，纤细柔嫩。● 要：同“褄”，这里用作动词，缝制裙子的腰。● 襋（jí）：衣领，这里用作动词，缝制衣领。● 提提：同“媞媞”，姿容安详貌。● 宛然：转身貌。● 辟：通“避”，闪开，躲避。● 象揥（tì）：以象牙制成的发簪。● 维：因为。● 是：这个，这个人。● 褊（biǎn）心：心胸狭小。● 是以：以是的倒文。是，代指这首诗。● 刺：指责，讽刺。

汾沮洳

汾沮洳

彼汾沮洳，言采其莫。彼其之子，美无度。美无度，殊异乎公路。

彼汾一方，言采其桑。彼其之子，美如英。美如英，殊异乎公行。

彼汾一曲，言采其藚。彼其之子，美如玉。美如玉，殊异乎公族。

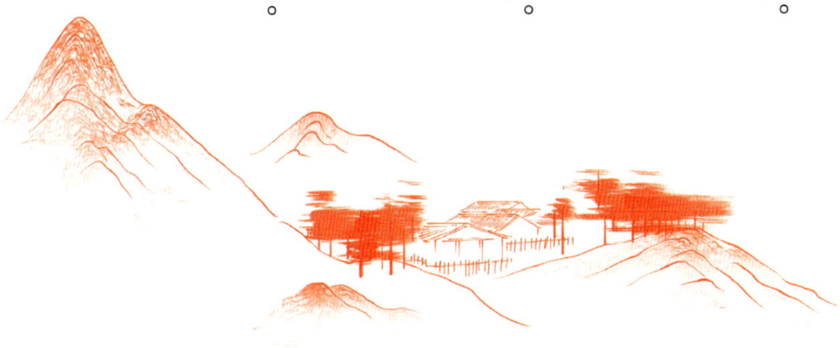

一个女子思慕自己的意中人，由衷地赞美自己的心上人。

• 汾：水名，汾河。• 沮洳（jùrù）：水旁低洼之地。• 言：句首语助词。• 莫：草名，酸迷，俗名牛舌头，嫩叶可食，味酸。• 无度：无比。• 公路：与下面的“公行”“公族”，皆为官名。• 英：花。• 曲：水流弯曲处。• 藚（xù）：草名，泽泻，可食，可入药。

园有桃

西周至春秋时的社会等级，大致可分为宗族贵族阶层，其中包括天子、诸侯、卿大夫和士等四个等级，他们是世袭的，有封邑或土地，世代为官，有严密的宗法协调彼此的关系；庶人和工商阶层，其中庶人是从事农业生产的劳动者，即一般的农民，他们不分尊卑，而是以亲疏关系加以区别，工、商从业者亦是劳动者，无官职，无土地，有相应的议政之权；奴隶阶层，铜器铭文和古文献中往往以“臣妾”称之，多为官府和家庭仆役，还有一部分从事手工业和农业生产，处在社会的最底层。

园有桃

园有桃，其实之殽。心之忧矣，我歌且谣。
不知我者，谓我士也骄。彼人是哉？子曰何其。
心之忧矣，其谁知之？其谁知之，盖亦勿思！

园有棘，其实之食。心之忧矣，聊以行国。
不知我者，谓我士也罔极。彼人是哉？子曰何其。
心之忧矣，其谁知之？其谁知之，盖亦勿思！

一位贤士对执政者不满，而自己又遭非议，于是伤世忧时，诉说着剪不断、理还乱的愁绪。

● 殽（yáo）：通“肴”，食，吃。● 骄：骄纵，高傲。● 彼人：指执政者。● 是哉：疑问，是正确的吗？● 何其：是不是，怎么回事。● 盖（hé）：通“盍”，何不。● 亦：语助词。● 棘：酸枣树。● 行国：行走在国中。● 罔极：不奉行常道，不遵守法则。

陟岵

陟岵

陟彼岵兮，瞻望父兮。父曰：嗟！予子行役，
夙夜无已。上慎旃哉，犹来无止！
陟彼屺兮，瞻望母兮。母曰：嗟！予季行役，
夙夜无寐。上慎旃哉，犹来无弃！
陟彼冈兮，瞻望兄兮。兄曰：嗟！予弟行役，
夙夜必偕。上慎旃哉，犹来无死！

一个征夫远行在外，吞咽着父母兄弟离散之苦，登高望乡，抒发对亲人深挚的思念之情。

• 陟（zhì）：登上。• 岵（hù）：有草木的山。• 上：通“尚”，有劝勉。• 慎：谨慎，慎重。• 旃（zhān）：“之焉”的合音字。• 犹：宜，应。• 来：回来，归来。• 止：滞留在外。• 屺（qǐ）：不长草木的山。• 季：排行小的儿子。• 偕：犹言“偕偕”，强壮，这里有勤勉之意。

十亩之间

十亩之间

十亩之间兮，桑者闲闲兮，行与子还兮。
十亩之外兮，桑者泄泄兮，行与子逝兮。

这是一首采桑女子结伴同归同唱的劳动者之歌。

● 桑者：采桑之人。● 闲闲：从容不迫貌。● 行：行且，将要。● 泄泄：或作“呭呭”，多言貌，这里表人多。● 逝：往。

伐檀

伐檀

坎坎伐檀兮，置之河之干兮。河水清且涟猗。不稼不穑，胡取禾三百廛兮？不狩不猎，胡瞻尔庭有县貆兮？彼君子兮，不素餐兮！

坎坎伐辐兮，置之河之侧兮，河水清且直猗。不稼不穑，胡取禾三百亿兮？不狩不猎，胡瞻尔庭有县特兮？彼君子兮，不素食兮！

坎坎伐轮兮，置之河之漘兮。河水清且沦猗。不稼不穑，胡取禾三百囷兮？不狩不猎，胡瞻尔庭有县鹑兮？彼君子兮，不素飧兮！

权贵们不劳而获，坐享其成，劳动者在劳作时心有不平之气，进而在诗中发问责难。

• 坎坎：伐木声。• 檀：檀树，木质坚硬，可制家具、造车。• 干：河岸。• 涟：水面波纹。• 猗：句末语气词。• 稼：种庄稼。• 穑（sè）：收庄稼。• 胡：何。• 廛（chán）：古代平民一户人家所占的房舍和土地。此句即言三百户人家所种的粮食。• 县：同“悬”，悬挂。• 貆（huán）：形如狐的小貉。• 素餐：吃白饭，不劳而食。• 辐：车轮的辐条，这里谓伐木为辐。• 直：水流直行。• 亿：古以十万为亿，这里谓数量极多。• 特：大兽。• 漘（chún）：水边。• 沦：水有漩涡。• 囷（qūn）：圆形粮仓。• 鹑：鹌鹑。• 飧（sūn）：熟食，晚餐。这里与“餐”“食”同义。

硕鼠

硕鼠

硕鼠硕鼠，无食我黍！三岁贯女，莫我肯顾。
逝将去女，适彼乐土。乐土乐土，爰得我所。

硕鼠硕鼠，无食我麦！三岁贯女，莫我肯德。
逝将去女，适彼乐国。乐国乐国，爰得我直。

硕鼠硕鼠，无食我苗！三岁贯女，莫我肯劳。
逝将去女，适彼乐郊。乐郊乐郊，谁之永号？

统治者们往往狡黠，且贪得无厌，老百姓心生愤怒，在诗中反对沉重的苛税重敛，憧憬美好的生活。

• 贯：养活，侍奉。• 女：通“汝”。• 逝：通“誓”，发誓，表坚决之意。• 去：离开。• 爰：乃，于是。• 所：居所。• 德：感念恩德。• 直：通“值”，价值。• 劳：慰劳。• 永：长。• 号：大声哭叫。

唐风

唐，本为商代的方国，相传为祁姓，是尧的后裔。武王死，成王继位，唐有乱。周公灭唐后，周成王封其弟姬叔虞于唐，都城为翼（今山西翼城西）。因唐地有晋水，后改国号为晋。唐地自有唐调，故而不取“晋风”而称“唐风”。

《唐风》共十二篇，多为西周后期至春秋早期的作品。

蟋蟀

蟋蟀

蟋蟀在堂，岁聿其莫。今我不乐，日月其除。
无已大康，职思其居。好乐无荒，良士瞿瞿。

蟋蟀在堂，岁聿其逝。今我不乐，日月其迈。
无已大康，职思其外。好乐无荒，良士蹶蹶。

蟋蟀在堂，役车其休。今我不乐，日月其慆。
无已大康，职思其忧。好乐无荒，良士休休。

此诗抒岁暮之怀，既劝人要及时行乐，又警戒不可过于安乐。诗人的运思不可谓不深远。

聿：语助词。莫：同“暮”，尽。日月：光阴。除：逝去。无已：不要。大：“太”，过甚。康：安乐。职：常。居：居处，犹言自己的地位和职守。荒：荒废。瞿瞿：警惕，谨勉。外：犹言里里外外，思深虑远。蹶蹶：勤敏。役车：行役车马之事，代指劳作。休：休息，停止。慆（tāo）：流逝。休休：安闲和乐。

山有枢

山有枢

山有枢，隰有榆。子有衣裳，弗曳弗娄。
子有车马，弗驰弗驱。宛其死矣，他人是愉。
山有栲，隰有杻。子有廷内，弗洒弗扫。
子有钟鼓，弗鼓弗考。宛其死矣，他人是保。
山有漆，隰有栗。子有酒食，何不日鼓瑟？
且以喜乐，且以永日。宛其死矣，他人入室。

太过节俭，有其财而不施用，有钟鼓而不自乐，亦非正道。此诗意在讽刺当政者，警醒当世之吝啬者。

• 枢：树名，刺榆。• 隰（xí）：低洼之地。• 弗：不。• 曳：拖，拉。• 娄：通“搂”，牵。与曳一样，均为穿衣动作。• 宛：通“苑”，病枯。• 栲（kǎo）：树名，山樗。• 杻（niǔ）：树名，檍树。• 廷：通“庭”，庭院。• 内：屋室。• 考：敲，击。• 保：占有。• 漆：漆树。• 永：使延长。

扬之水

扬之水

扬之水，白石凿凿。素衣朱襮，从子于沃。
既见君子，云何不乐？

扬之水，白石皓皓。素衣朱绣，从子于鹄。
既见君子，云何其忧？

扬之水，白石粼粼。我闻有命，不敢以告人。

晋昭侯时，六卿强而公室卑弱。前 745 年，昭侯分封叔父成师于曲沃，是为桓叔。曲沃城更大，且桓叔年长而好德，国人多归附于桓叔，晋国形成“末大于本”的态势。前往曲沃投靠桓叔的人，在诗中一表心曲。

• 扬：水小缓流貌。• 凿凿：鲜明貌。• 襮（bó）：绣有花纹的衣领。• 沃：地名，曲沃，春秋时期晋国的都邑。• 云：句首助词。• 皓皓：光亮洁白貌。• 绣：这里谓朱红衣领上的五彩花纹。• 鹄：或作“皋”，即曲沃。• 粼粼：清澈貌。

椒聊

椒聊

椒聊之实，蕃衍盈升。彼其之子，硕大无朋。

椒聊且，远条且。

椒聊之实，蕃衍盈匊。彼其之子，硕大且笃。

椒聊且，远条且。

这首诗以花椒喻人，颂祝子嗣兴旺。

• 椒聊：花椒树，果实红色，九、十月成实，种子黑色，有香气，可入药。• 蕃衍：繁盛众多。• 升：古代量器名。• 无朋：无与伦比。• 且：语末助词。• 条：长。• 匊（jū）：通“掬”，一捧。• 笃：厚实。

绸缪

绸缪

绸缪束薪，三星在天。今夕何夕，见此良人？子兮子兮，如此良人何？

绸缪束刍，三星在隅。今夕何夕，见此邂逅？子兮子兮，如此邂逅何？

绸缪束楚，三星在户。今夕何夕，见此粲者？子兮子兮，如此粲者何？

这是一首祝贺新婚之诗，描写新婚之夜新人的喜悦之情。

● 绸缪：紧紧地缠绕。● 如：与下文的何构成“如……何”句式，把……怎么样。● 刍：喂牲口的草料。● 隅：天空的东南方。● 邂逅：遇合，指爱悦之人。● 户：房门。● 粲（càn）者：美人。

杕杜

杕杜

有杕之杜，其叶湑湑。独行踽踽。岂无他人？不如我同父。嗟行之人，胡不比焉？人无兄弟，胡不佽焉？

有杕之杜，其叶菁菁。独行睘睘。岂无他人？不如我同姓。嗟行之人，胡不比焉？人无兄弟，胡不佽焉？

人无兄弟手足，感伤自己的孤立无援，故在诗中呼告求助。

• 杕(dì)：树木孤生。• 杜：杜梨树，即甘棠。• 湑湑：茂盛貌。• 同父：兄弟。• 嗟：悲叹。• 行：行路。• 比：亲密，亲近。• 佽（cì）：帮助。• 菁菁：茂盛貌。• 睘睘：孤独而无所依。

羔裘

羔裘

羔裘豹祛，自我人居居。
岂无他人？维子之故。

羔裘豹褎，自我人究究。
岂无他人？维子之好。

一位权贵侮慢了自己，诗人讽刺这个昔日的朋友，不愿再与之相处。也有解为奴隶讽刺奴隶主贵族，也有解为贵族婢妾对主人的反抗。

● 羔裘：羊皮袄。● 豹祛：以豹皮装饰袖口。祛，袖口。● 我人：犹言我这个人。● 居居：通“倨倨”，傲慢。● 维：同“唯”，只。● 故：通“婟”，念恋。● 褎（xiù）：衣袖。● 究究：傲慢，不可亲近。● 好：喜好。

鸨羽

鸨羽

肃肃鸨羽，集于苞栩。王事靡盬，不能蓺稷黍，
父母何怙？悠悠苍天，曷其有所？

肃肃鸨翼，集于苞棘。王事靡盬，不能蓺黍稷，
父母何食？悠悠苍天，曷其有极？

肃肃鸨行，集于苞桑。王事靡盬，不能蓺稻粱，
父母何尝？悠悠苍天，曷其有常？

晋自昭公之后，政局大乱，征役没完没了，人们不得安居乐业，不能瞻养其父母，故而在诗篇中控诉之。

• 肃肃：鸟羽翅振动之声。• 鸨：鸟名，似雁而略大。• 集：栖息。• 苞：茂盛。• 栩：柞树。• 盬（gǔ）：止息。• 蓺：种植。• 怙（hù）：依靠。• 曷：何。• 所：安居之所。• 棘：酸枣树 • 极：终了，尽头。• 常：正常。

无衣

岂曰无衣？七兮。不如子之衣，安且吉兮！

岂曰无衣？六兮。不如子之衣，安且燠兮！

受赠新衣，观之览之，作者以歌咏的形式予以答谢。

七：与下文的“六”，皆虚数，谓衣服之多。安：舒服。吉：美善。燠（yù）：暖。

有杕之杜

有杕之杜

有杕之杜，生于道左。彼君子兮，噬肯适我？
中心好之，曷饮食之？
有杕之杜，生于道周。彼君子兮，噬肯来游？
中心好之，曷饮食之？

据载，晋武公孤寡无情，对其宗族大肆兼并，又不能亲近贤良之士。这首欢迎客人到来的短歌，旨在求贤，又有讥刺武公之意在。也有人说此诗为恋爱诗。

• 杕（dì）：树木独立特出貌。• 杜：杜梨树。• 噬：通“逝”，句首语助词。• 适：往，归向。• 曷：何，何不。• 周：通“右”。

葛生

葛生

葛生蒙楚，蔹蔓于野。予美亡此，谁与独处？

葛生蒙棘，蔹蔓于域。予美亡此，谁与独息？

角枕粲兮，锦衾烂兮。予美亡此，谁与独旦？

夏之日，冬之夜。百岁之后，归于其居。

冬之夜，夏之日。百岁之后，归于其室。

晋献公立，曾尽杀诸公子，建立二军，灭霍、魏、耿等国；又假道于虞以灭虢，回师再灭虞。晋国日益强大，而国人亦多丧亡。居家的妻子悼念亡故的丈夫，在诗中寄寓沉痛的哀思和怀念。

• 蒙：覆盖。• 楚：落叶灌木，牡荆。• 蔹（liǎn）：草名，一种蔓生植物。• 蔓：蔓延。• 予美：对亡故之人的爱称。• 域：墓地。• 角枕：角制的或用角装饰的枕头。• 粲（càn）：鲜明，华美。• 锦衾：这里特指殓尸的锦被。• 烂：光彩灿烂。• 独旦：独自到天明。• 居：这里指坟墓。• 室：这里指墓穴。

采苓

采苓

采苓采苓，首阳之巅。人之为言，苟亦无信。
舍旃舍旃，苟亦无然。人之为言，胡得焉？

采苦采苦，首阳之下。人之为言，苟亦无与。
舍旃舍旃，苟亦无然。人之为言，胡得焉？

采葑采葑，首阳之东。人之为言，苟亦无从。
舍旃舍旃，苟亦无然。人之为言，胡得焉？

这首诗劝人不要听信谗言。

• 苓：草名，甘草。• 首阳：山名，在今山西永济一带。• 为：通“伪”，虚假。• 苟：确实。• 无：通“毋”，不要。• 舍：抛却。• 旃（zhān）：之，指代假话、谗言。• 无然：不以之为然，不以之为是。• 胡：怎么，如何。• 得：可取。• 苦：苦菜。• 无与：犹“毋以”，不用，不认可。• 葑：菜名，蔓菁。

秦风

非子，相传为伯益的后裔，善养马畜牧，周孝王时封之于秦邑（今甘肃张家川东），由此成为周的附庸国。前770年，秦襄公护送周平王东迁有功而被封为诸侯。春秋时期，秦德公建都于雍（今陕西凤翔）。

秦国的区域在今陕西、甘肃一带，秦人长期与戎、狄等少数民族作战，性格纯朴真挚，有尚武传统和集体精神。《秦风》共十篇，基本反映了秦国的文化精神。

车邻

车邻

有车邻邻，有马白颠。未见君子，寺人之令。

阪有漆，隰有栗。既见君子，并坐鼓瑟。
今者不乐，逝者其耋。

阪有桑，隰有杨。既见君子，并坐鼓簧。
今者不乐，逝者其亡。

秦仲为秦国的兴国之君，在周宣王时为大夫，一心向西周的礼乐文化看齐，而有车马之盛。秦仲征伐西戎，为戎人所杀。按传统说法，这首诗通过婢妾与秦君弹琴鼓瑟，在颂美秦仲。

• 邻邻：即“辚辚”，车行之声。• 颠：额头。• 寺人：亦作“侍人”，宫内小臣。• 阪：山坡。• 漆：漆树。• 隰（xí）：低湿之地。• 栗：栗树。• 逝者：将来。• 耋（dié）：八十岁，这里泛言年老。• 亡：死亡。

驷驖

西周时期战争的主要方式是“车战”。马车是重要的战斗工具，也是贵族常用的交通工具。西周时期的马车沿用的是商代的形制，由轭（驾在马脖子上的人字形器具）、辕（车前驾马的直木）、衡（辕头上缚轭的横木）、舆（长方形车厢）、轮等部件组成。古代帝王在巡狩或田猎时，若晚上需要在野外住宿，即择取一块险要之地，以车为屏障，围成营地。出入之处会有两车相对，并把用来驾马的车辕向上仰起相接，形成一个拱门，称为“辕门”。后世军营的大门，或军政官署的外门，亦称辕门。

驷驖

驷驖孔阜，六辔在手。公之媚子，从公于狩。

奉时辰牡，辰牡孔硕。公曰左之，舍拔则获。

游于北园，四马既闲。輶车鸾镳，载猃歇骄。

在秦襄公治下，秦国由附庸而受封为诸侯，又西逐犬戎，为秦国的强盛奠定了基础。这首诗描绘国君父子狩猎的场面，有颂美之意在。

驷：四匹马。驖（tiě）：黑中带赤的马。孔：甚。阜：肥壮。辔（pèi）：马缰绳。公：这里指秦襄公。媚子：所宠爱的人。奉：供奉，供给。时：应时。辰：通“麎”，母鹿。牡：公鹿。舍：射箭。拔：箭末扣弦处。闲：娴熟，谓马匹训练有素。輶（yóu）：田猎时使用的轻便车辆。鸾：同“銮”，车铃。镳：马嚼子。猃（xiǎn）：长嘴猎犬。歇骄：亦作“猲獢”，短嘴猎犬。

小戎

小戎

小戎俴收，五楘梁辀。游环胁驱，阴靷鋈续。
文茵畅毂，驾我骐馵。言念君子，温其如玉。
在其板屋，乱我心曲。

四牡孔阜，六辔在手。骐駵是中，騧骊是骖。
龙盾之合，鋈以觼軜。言念君子，温其在邑。
方何为期？胡然我念之！

这是一首思妇诗。丈夫驱车带兵出征西戎，女子在诗中深表思念之情。

小戎：轻小的兵车。俴（jiàn）：浅。收：轸，车后横木。车之前后皆有箱板，箱板可竖起放下，方便人上下车。楘（mù）：车辕上加固用的环形革带，亦是装饰品。梁辀：车辕，略有弧度，似梁，又如船形，故称。游环：拴在夹辕二马的背上的皮质套环，可移动，骖马的外辔从此穿过，防止脱出。胁驱：驾具名。阴：车轼前的横板。靷（yǐn）：牵引车的皮带，一端系在马颈的皮套上，一端系在车轴上。鋈（wù）续：白铜制的环。文茵：有花纹的褥子，铺于车内。畅毂：长长的车轴，伸出车轮之外，有防行车倾覆之用。骐：青黑色的马。馵（zhù）：后左足白色的马。板屋：西戎习俗，以木板为屋。牡：雄马。孔：甚。阜：肥大。駵（liú）：同"骝"，红黑色的马。中：指中间的两匹马。騧（guā）：黑嘴的黄马。骊：黑色的马。骖：分列两侧的两匹马。龙盾：画有龙纹的盾。合：合放在车上。觼（jué）：有舌的环，用来固定骖马的缰绳。軜（nà）：骖马的内侧缰绳。邑：西戎的城邑。方：将。期：归期。胡然：为何，表疑问。

俴驷孔群，厹矛鋈錞。蒙伐有苑，虎韔镂膺。

交韔二弓，竹闭绲縢。言念君子，载寝载兴。

厌厌良人，秩秩德音。

俴驷：不披铠甲的四匹马。群：多。厹（qiú）矛：又名“酋矛”“仇矛”，锋刃为三棱的长矛。錞(duì)：亦作“鐓”，矛柄末端的金属套。蒙：在盾上刻杂羽的花纹。伐：通“瞂”，盾。苑：花纹。虎韔（chàng）：虎皮制成的弓袋。镂：雕刻有花纹。膺：弓袋的正面。交韔：两张弓交错放在弓袋中。闭：通“柲”，以竹木制成的矫正弓身的工具。绲（gǔn）：绳子。縢（téng）：缠，捆。载：语助词。寝：卧睡。兴：起身。厌厌：安静柔和。良人：好人，妻子称自己的丈夫。秩秩：明理，有礼。德音：好声誉。

蒹葭

西周时期的水上交通，已用舟楫和木排。周王统率六师出征，在泾水之上有众多船夫划着大船前行。一般的民众很少乘坐船只，多数人渡河还是要徒步涉水，即便是大川也是要涉水而渡的。《周易》的卦爻辞中多有“涉大川”的字样，“利”也好——利涉大川，“不可”也好——不可涉大川，即便有灭顶之灾——过涉灭顶，都说明在先民那里涉水过河抵达对岸，是一件不得不面对的大事。

蒹葭

蒹葭苍苍，白露为霜。所谓伊人，在水一方。
溯洄从之，道阻且长。溯游从之，宛在水中央。
蒹葭凄凄，白露未晞。所谓伊人，在水之湄。
溯洄从之，道阻且跻。溯游从之，宛在水中坻。
蒹葭采采，白露未已。所谓伊人，在水之涘。
溯洄从之，道阻且右。溯游从之，宛在水中沚。

在秋色凄迷中追寻意中人，在秋水方盛时上下求索。这首诗写飘逸之境，诉怅惘之情。

蒹：荻草。葭：初生的芦苇。苍苍：青色苍深。也说茂盛貌。伊人：指代意中之人。溯洄：逆着河流的方向在岸边寻求。阻：险阻。溯游：顺着河流的方向向下走。凄凄：犹萋萋，草木茂盛貌。晞：干，晒干。湄：岸边，水边。跻（jī）：登，高。坻（chí）：水中小沙洲。采采：众多茂盛貌。涘（sì）：水边。右：迂回，弯曲。沚：水中小沙滩。

終南

终南

终南何有？有条有梅。君子至止，锦衣狐裘。
颜如渥丹，其君也哉！

终南何有？有纪有堂。君子至止，黻衣绣裳。
佩玉将将，寿考不忘！

秦襄公在周幽王时曾率兵救周，又护送平王东迁有功，获封岐以西之地，秦自此由附庸而为诸侯。此诗即为赞美秦襄公之作。

• 终南：山名，终南山。• 条：树名，楸树。木质细密，可造车船，制成棋盘。• 渥丹：有光泽的朱砂，形容脸色红润。• 纪：通“杞”，杞柳。• 堂：通“棠”，棠梨。• 黻（fú）衣：绣有青黑色花纹的上衣。• 绣裳：绣有五色花纹的下衣。• 将将：亦作“锵锵”，佩玉击碰之声。• 考：老。

黄鸟

黄鸟

交交黄鸟，止于棘。谁从穆公？子车奄息。
维此奄息，百夫之特。临其穴，惴惴其栗。
彼苍者天，歼我良人！如可赎兮，人百其身！

交交黄鸟，止于桑。谁从穆公？子车仲行。
维此仲行，百夫之防。临其穴，惴惴其栗。
彼苍者天，歼我良人！如可赎兮，人百其身！

交交黄鸟，止于楚。谁从穆公？子车鍼虎。
维此鍼虎，百夫之御。临其穴，惴惴其栗。
彼苍者天，歼我良人！如可赎兮，人百其身！

据载，前 621 年，秦穆公卒，遵照他的遗嘱，殉葬者有 177 人，其中包括子车氏（《史记》作子舆）三兄弟，他们都是秦国的良臣。秦人作此诗以尽哀悼之情。

● 交交：鸟鸣声。● 黄鸟：黄雀。● 止：停落，栖止。● 棘：酸枣树。● 从：从死，殉葬。● 子车：亦作“子舆”，姓氏。● 奄息：人名。与下文中的仲行、鍼虎为三兄弟，皆是秦国贤臣。● 特：匹，匹敌。言子车奄息的才德敌得过一百个人。● 惴惴：恐惧貌。● 栗：战栗。● 防：比方，相当。● 楚：荆，荆条。● 御：抵挡，抵得上。

晨风

晨风

鴥彼晨风，郁彼北林。未见君子，忧心钦钦。
如何如何，忘我实多！
山有苞栎，隰有六驳。未见君子，忧心靡乐。
如何如何，忘我实多！
山有苞棣，隰有树檖。未见君子，忧心如醉。
如何如何，忘我实多！

一位女子被丈夫抛弃，进而在诗中表达思念与哀怨之情。

鴥（yù）：鸟疾飞状。晨风：亦作“鸇风”，能在风中疾飞，袭击诸如鸠、鸽、燕、雀等鸟类。郁：茂密貌。钦钦：忧念不忘。苞：草木丛生。栎：树名，即栩树，亦称柞树。六驳（bó）：亦作“六驳”，树名，即梓榆。树皮青白色，且斑驳，犹如驳马之毛色。棣：棠棣树。檖（suì）：山梨树。

无衣

无衣

岂曰无衣？与子同袍。王于兴师，修我戈矛。与子同仇！

岂曰无衣？与子同泽。王于兴师，修我矛戟。与子偕作！

岂曰无衣？与子同裳。王于兴师，修我甲兵。与子偕行！

这是一首激昂士气的战歌。

● 袍：长衣。● 修：整治。● 同仇：共同对敌。或以“仇（雠）”为匹配、匹偶，同仇，即为同伴。● 泽：同“襗”，贴身内衣。● 偕作：一起行动。● 裳：下衣，战裙。● 甲兵：铠甲和兵器。

渭阳

周代社会重视人际关系的建立，在相互交往中有约定俗成的礼仪或礼节。比如最常见的相见礼，士人初次相见，或是拜见尊长，要有介绍人介绍，送见面礼。相见则有迎送礼，主人的地位、名望、年龄相等或低于宾客的在大门外迎接，反之则在门内相迎，送客时亦然。国君对臣下不行迎送礼，对外宾则要亲自迎送，或派亲近大臣迎送。进大门或上台阶之前，相互要行揖让之礼，送客时亦然。

渭阳

我送舅氏，曰至渭阳。何以赠之？路车乘黄。

我送舅氏，悠悠我思。何以赠之？琼瑰玉佩。

诗中的舅氏是晋国公子重耳。他为避骊姬之乱，曾被迫流亡多年，辗转多国后流落至秦，最终在秦穆公派兵护送下，离开秦国返回晋国。秦国太子罃的母亲为晋献公之女，公子重耳之姊，在此次送别时，她已下世。送别舅氏，亦如思见其母，可谓情真意挚。

• 舅氏：舅父，这里指公子重耳，即后来的晋文公。• 渭阳：渭水北岸。• 路车：古代诸侯所乘之车。• 乘（shèng）黄：四匹黄马。• 悠悠：长久貌。见其舅而思其母，句中有无限情怀。• 琼瑰：美好的玉石。

权舆

权舆

於，我乎，夏屋渠渠，今也每食无余。
于嗟乎，不承权舆！
於，我乎，每食四簋，今也每食不饱。
于嗟乎，不承权舆！

没落的贵族回首往昔自伤自叹。按传统之见，此诗是在讽刺秦康公不能很好地对待前朝的旧臣和贤良。

• 於（wū）：犹呜呼，叹词。• 夏屋：大屋。• 渠渠：高大深广貌。• 承：继承，接续。• 权舆：起始，最初。• 簋（guǐ）：食器，有陶制的，有铜制的，形有方有圆，以圆居多。

陈风

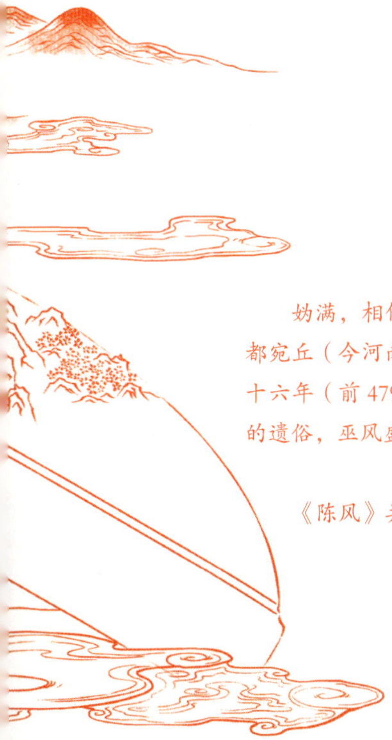

妫满，相传为舜的后代，武王灭商，以长女大姬配之，封于陈，建都宛丘（今河南淮阳）。陈国的区域在今河南东部和安徽北部。鲁哀公十六年（前479年），陈国为楚所灭。陈地本属商汤故地，有祈神祷福的遗俗，巫风盛行。

《陈风》共十篇，多产生于春秋前期至中期。

宛丘

宛丘

子之汤兮，宛丘之上兮。洵有情兮，而无望兮。

坎其击鼓，宛丘之下。无冬无夏，值其鹭羽。

坎其击缶，宛丘之道。无冬无夏，值其鹭翿。

陈地乃殷商旧地，巫觋祈祷之风甚盛。一个舞女出现在宛丘之地，诗篇表达出爱慕之情。

• 汤：同“荡”，身姿摇摆，言舞蹈之美。• 洵：确实。• 坎其：犹“坎坎”，敲击鼓、缶等乐器之声。• 值：通“植”，以手执持，或插戴以为舞者之头饰。• 翿（dào）：以鸟羽制成的舞具。

东门之枌

东门之枌

东门之枌，宛丘之栩。子仲之子，婆娑其下。

縠旦于差，南方之原。不绩其麻，市也婆娑。

縠旦于逝，越以鬷迈。视尔如荍，贻我握椒。

男女欢会歌舞，相知相恋，不在礼教之内，已达忘乎所以的境地。这无疑是陈国巫风习俗下的青春赞歌。

枌（fén）：白榆树。栩：柞树。婆娑：翩翩起舞。縠旦：良辰吉日。于：语助词。差：选择。原：高而平的土地。绩：把麻析开成丝条状，然后搓捻成线。市：街市，人聚集之地。或作“女”，句意更畅。逝：往，前往。越以：犹“于以”，发语词，无实义。鬷（zōng）：屡次。迈：前往。贻：赠。握：一满把。椒：花椒，有香气，女子以之供神降神，这里作为礼物相赠。

衡门

春秋时期生产大发展，各诸侯国经商之风盛行，贸易往来活跃。此时的道德观念出现两极化的分野，有好利者、贪婪者，有纯朴者、坚贞者。经济发展了，财富充足了，贪求奢侈的言行与日俱增，而自西周以来的避利节俭的习俗，同样在士人的道德风尚中占据着重要地位，例如体现在“吃”上，名相晏婴有“食不重肉”的尚俭之举。

衡门

衡门之下，可以栖迟。泌之洋洋，可以乐饥。

岂其食鱼，必河之鲂？岂其取妻，必齐之姜？

岂其食鱼，必河之鲤？岂其取妻，必宋之子？

若能安于贫困，寡其嗜欲，即便降格而求其次，同样可以自得其乐。

衡门：即横木为门，言其简陋。衡，通“横”。栖迟：游玩休憩。泌（bì）：泉水轻快流动。洋洋：水盛貌。乐饥：或作“疗饥”，充饥。河：黄河。鲂：一名鳊鱼，以肥美著称。取：通“娶”。姜：齐国国君，姜姓。这里指齐国贵族的女儿。子：宋国国君，子姓。这里指宋国贵族的女儿。

东门之池

植桑养蚕是重要的农事活动，早在商代即有所发展，甲骨卜辞、青铜纹饰以及玉饰中皆有蚕桑事业留下的印迹。蚕桑丝帛主要为贵族所用，平民一般只用麻织品。棉花的种植自元代以后才开始，此前的纺织原料主要是麻。麻，为草本植物，种类多，有大麻、苎麻、苘麻等。大麻的籽实可食，为“五谷”之一，茎皮纤维在沤泡后方能剥取下来，可制绳索和织布。

东门之池

东门之池，可以沤麻。彼美淑姬，可与晤歌。

东门之池，可以沤纻。彼美淑姬，可与晤语。

东门之池，可以沤菅。彼美淑姬，可与晤言。

这是一首男女相约相会的情诗，可以想见那时的欢歌笑语。

• 沤（òu）：长时间浸泡。• 淑姬：当作“叔姬”，姬姓家的三姑娘。• 晤：相对。• 纻（zhù）：苎麻。• 菅（jiān）：芦荻一类的草，茎浸渍后变柔，可编织草鞋。

东门之杨

东门之杨

东门之杨，其叶牂牂。昏以为期，明星煌煌。

东门之杨，其叶肺肺。昏以为期，明星晢晢。

有一种等候会让人翻江倒海思绪万千。心上人久候而不至，由不得只能仰望星空。

● 牂牂：茂盛貌。● 昏：黄昏。● 期：相约，约定。● 明星：这里特指金星，即启明星。● 煌煌：星光明亮。● 肺肺：茂盛貌。● 晢晢：星光明亮。

墓门

墓门有棘，斧以斯之。夫也不良，国人知之。
知而不已，谁昔然矣。

墓门有梅，有鸮萃止。夫也不良，歌以讯之。
讯予不顾，颠倒思予。

统治者品行不良，使得国政失序，社会动荡，又加恶于苍生百姓。此诗对此予以讥刺。

● 墓门：墓道之门。● 棘：酸枣树。● 斯：析，劈开。● 夫：那个人。● 已：制止，改正。● 鸮（xiāo）：猫头鹰一类的猛禽。● 萃：集，栖息。● 讯（suì）：亦作“谇”，告诫，责骂。● 讯予：予讯，此为倒文成义。● 颠倒：跌倒，犹栽跟头，或进而言之，指国家动荡。

防有鹊巢

美人，多次出现在《诗经》各篇，主要指品德美好的人，在后世诗歌作品中常被喻为贤者、君子乃至君王。美人，与“香草”并置，在古诗文中用来象征忠君爱国，成为文化传统的政治隐喻和故实。最具代表性的是屈原的骚赋作品，依诗三百取兴，引类比喻，以善鸟、香草配忠贞之士，把有灵智远见的、有美好品德的喻国君。《防有鹊巢》一篇可视为诗学中香草美人传统的滥觞。

防有鹊巢

防有鹊巢，邛有旨苕。谁侜予美？心焉忉忉。

中唐有甓，邛有旨鹝。谁侜予美？心焉惕惕。

即便是才子佳人的戏文，中间定不免有小人作梗。其实最普通的爱情，也难逃此忧。这就是生活，这就是相爱，这就是真实的人生。

• 防：堤防，河坝。• 邛（qióng）：土丘。• 旨：味美。• 苕（tiáo）：蔓生植物，生长在低湿之地。• 侜（zhōu）：欺诳。• 唐：庭中道路。• 甓（pì）：砖瓦。• 鹝（yì）：绶草，美如锦，又名铺地锦。• 惕惕：忧惧貌。

月出

《诗经》有不少篇章在刻画女性之美，艺术手法大致分为三类：一为工笔画，以《卫风·硕人》为代表；一为侧面烘托，以《秦风·蒹葭》为代表；一为意境营造，以《陈风·月出》为代表——诗人把心中的美人置于浪漫的空间氛围中。月夜良宵，微风轻拂，正是男女幽会，许天长地久、立山盟海誓之时。

月出

月出皎兮，佼人僚兮，舒窈纠兮，劳心悄兮。

月出皓兮，佼人懰兮，舒懮受兮，劳心慅兮。

月出照兮，佼人燎兮，舒夭绍兮，劳心惨兮。

花前相悦，月下相念。这是最美的浪漫，即使有劳心之苦。

• 佼：通“姣”，美。• 僚（liǎo）：通“嫽”，美丽。• 舒：发语词。• 窈纠（jiǎo）：犹“窈窕”，仪态静美。• 悄：忧愁。• 懰（liú）：通“嬼”，妩媚，妖娆。• 懮受：步履轻盈，体态优美。• 慅（cǎo）：忧愁，不安。• 燎：美艳。• 夭绍：体态轻盈多姿。• 惨：当作“懆”，烦躁不安。

株林

从古至今，从来不乏敢于谏争的忠义之士，他们不惜冒犯尊长或是君王，直立相劝，直言相劝，甚至话语如同流水一样滔滔不绝，以求达到自己的期许和目的。诗人的表达则有“主文谲谏”的修辞传统。主文，谓以譬喻进行规劝；谲谏，指以委婉的方式来讽刺。诗意看似隐晦，但同在一个语境的人们一听又能明白。尤其面对丑行秽事，以歌诗讽之嘲之，言简而意赅，朗朗上口，传之久远，似更有力量，同时能让言之者无罪，闻之者足戒。

株林

胡为乎株林？从夏南！匪适株林，从夏南！

驾我乘马，说于株野。乘我乘驹，朝食于株！

据载，郑穆公之女嫁给陈国株邑的夏御叔，是为夏姬。她有绝代美色，在陈国引发君臣一干人等的邪秽之举、淫恶之行。此诗以含蓄笔调，讽刺当事人陈灵公和夏姬的淫乱。

• 株：邑名，陈国大夫夏氏的封邑。• 林：郊外。• 夏南：大夫夏御叔和夏姬之子，名征舒，字子南。• 匪：通“非”，不是。• 适：前往。• 我：这里以陈灵公的口吻自称。• 乘（shèng）马：四匹马。• 说：通“税”，停车休息。• 野：近郊。• 朝食：吃早饭。

泽陂

泽陂

彼泽之陂，有蒲与荷。有美一人，伤如之何？
寤寐无为，涕泗滂沱。

彼泽之陂，有蒲与蕑。有美一人，硕大且卷。
寤寐无为，中心悁悁。

彼泽之陂，有蒲菡萏。有美一人，硕大且俨。
寤寐无为，辗转伏枕。

诗人以池塘花草起兴，歌咏相恋而不相及的烦恼、忧伤和痛苦。

• 陂（bēi）：水泽边的岸坡。• 蒲：蒲草。• 伤：或作“阳”，第一人称，予，我。• 蕑（jiān）：香草，泽兰。或作“莲”。• 卷（quán）：通“婘”，美好貌。• 悁悁：悲伤忧闷貌。• 菡萏（hàndàn）：荷花。• 俨：美艳。

桧风

桧，或作“郐”，古国名，在今河南新密东南，武王封祝融之后于此，国君为妘姓。周平王二年（前769），郑武公灭桧，并其地入郑。

《桧风》共四篇，皆为桧国灭亡前后的作品，多亡国哀怨之音。

蒹葭

羔裘

羔裘逍遥，狐裘以朝。岂不尔思？劳心忉忉。

羔裘翱翔，狐裘在堂。岂不尔思？我心忧伤。

羔裘如膏，日出有曜。岂不尔思？中心是悼。

羊皮袄，狐皮裘，油光可鉴，大夫成群结队地溜达逛荡，想必也是标致极了，但若不能用道以自强，怎不让有识之士心中伤悼！此诗的主题是怀人，只是这个“人”有些特殊——朝堂上的当政者。

● 羔裘：羊皮外衣，为大夫日常所穿。● 狐裘：狐皮外衣，为大夫进朝时所穿。● 堂：公堂。● 膏：油脂，形容羔裘的柔顺光洁。● 有曜（yào）：犹言“曜曜”，光芒。

素冠

素冠

庶见素冠兮，棘人栾栾兮，劳心慱慱兮。

庶见素衣兮，我心伤悲兮，聊与子同归兮。

庶见素韠兮，我心蕴结兮，聊与子如一兮。

悼亡之人一身素服，虔心执礼，不胜悲痛。此诗对此予以美颂。

●庶：庶几，幸而。●素冠：白帽子。与后面的素衣、素韠，皆为孝服，居丧时穿戴。●棘：通“瘠”，瘦瘠。●栾栾：瘦瘠貌。●慱慱：忧苦不安貌。●韠（bì）：蔽膝。类似围裙。

隰有苌楚

隰有苌楚

隰有苌楚，猗傩其枝。夭之沃沃，乐子之无知。

隰有苌楚，猗傩其华。夭之沃沃。乐子之无家。

隰有苌楚，猗傩其实。夭之沃沃。乐子之无室。

诗人悲叹自己不如山野间的草木，还羡慕别人的无家无口。他或她的生活遭际该是何等苦楚！

• 隰（xí）：低湿之地。• 苌（cháng）楚：羊桃，猕猴桃。• 猗傩：同“婀娜”，轻盈柔美。• 夭：草木初生而屈，这里言茁壮美嫩。• 沃沃：少嫩漂亮貌。• 知：相知，这里引申为配偶。

封建，有封邦建国之义，指帝王把爵位和土地分封给宗室、亲戚或功臣，使之在属于自己的区域内建立邦国。据载，西周初期的武王、周公、成王一共分封了七十一国，其后一直有分封，整个西周时期分封的国家有数百之多，即便到了春秋时期还有一百四十多个。关于桧国的记载，出现在《左传·僖公三十三年》，此时已亡国多年。是年冬，郑国的公子瑕在楚国的支持下进攻郑国，结果战车倾覆，人亦遭到擒杀。郑文公夫人把他的尸体收敛，葬在桧城之下。

匪风

匪风发兮，匪车偈兮。顾瞻周道，中心怛兮。

匪风飘兮，匪车嘌兮。顾瞻周道，中心吊兮。

谁能亨鱼？溉之釜鬵。谁将西归？怀之好音。

行役在外之人听到风声，瞻望来路，车马奔驰，思乡之情、忧叹之怀随之倾泻在诗句间。

● 匪：通“彼”，那。● 发：犹言发发，风疾之声。● 偈（jié）：犹言偈偈，疾驰貌。● 周道：大道，大路。● 怛（dá）：忧悲。● 嘌：通“飘”，风疾而回旋。● 吊：悲伤。● 亨：同“烹”，煮。● 溉：洗涤。● 釜：锅。● 鬵（xín）：炊具，大锅。● 怀：归，赠予。

曹风

曹，西周初年分封的诸侯国。武王灭商，封其弟叔振铎之于曹，建都陶丘（今山东菏泽定陶西北），鲁哀公八年（前 487 年），为宋国所灭。曹国的疆域主要在今山东省西部。

《曹风》共四篇，多为西周后期至东周初年的作品。

蜉蝣

蜉蝣

蜉蝣之羽，衣裳楚楚。心之忧矣，于我归处。

蜉蝣之翼，采采衣服。心之忧矣，于我归息。

蜉蝣掘阅，麻衣如雪。心之忧矣，于我归说。

蜉蝣羽翼华美，而生命极其短促。诗人触物动情，由不得感叹人生苦短。

● 蜉蝣：亦作“浮游”，一种朝生暮死的小昆虫。● 楚楚：鲜明貌。这里形容蜉蝣的羽翼纤薄、半透明、有光泽。● 于：何，哪里。● 归处：意谓死去。于下文的“归息”“归说”意同。● 采采：形容有文采，华美亮丽。● 掘：穿。● 阅（xué）：通“穴”。谓蜉蝣的幼虫自地下穿穴而出。● 麻衣：麻衣一般夏时穿，浅白色。这里借指夏秋活动的蜉蝣的羽翼。● 说（shuì）：通“税”，止息。

候人

候人

彼候人兮，何戈与祋。彼其之子，三百赤芾。

维鹈在梁，不濡其翼。彼其之子，不称其服。

维鹈在梁，不濡其咮。彼其之子，不遂其媾。

荟兮蔚兮，南山朝隮。婉兮娈兮，季女斯饥。

小官吏们多有劳苦，而新贵们却是金玉其外败絮其中。这首诗同情前者，嘲讽后者。

● 候人：驻守国境，守望道路，迎送宾客的小官吏。● 何：通“荷”，扛在肩上。● 祋（duì）：亦作“殳”，一种竹制武器，有棱无刃，用以击打或前导。● 彼：那些。● 其：语气助词，无实义。● 之子：下句中的官员们。● 芾（fú）：亦作“韨”，皮制的蔽膝。古时大夫以上的官员，穿戴赤红色的蔽膝。● 维：发语词。● 鹈：水鸟名，鹈鹕。● 梁：在水中筑的坝，用来捕鱼。● 濡：沾湿。● 咮（zhòu）：鸟嘴。● 遂：长久。● 媾（gòu）：厚待，恩宠。● 荟：形容草木汇聚茂盛。下文的“蔚”同意。● 隮（jī）：彩虹。● 婉：与下文的娈均指年少柔美。● 季女：少女，这里指候人之女。● 斯：语助词。

鸤鸠

鸤鸠在桑，其子七兮。淑人君子，其仪一兮。
其仪一兮，心如结兮。

鸤鸠在桑，其子在梅。淑人君子，其带伊丝。
其带伊丝，其弁伊骐。

鸤鸠在桑，其子在棘。淑人君子，其仪不忒。
其仪不忒，正是四国。

鸤鸠在桑，其子在榛。淑人君子，正是国人，
正是国人，胡不万年？

布谷鸟喂养幼鸟，能做到始终如一，早上从头到尾，日暮则从尾到头，井然有序。修身或治世，亦当有用心坚贞、平均专一的美好德行。

鸤（shī）鸠：布谷鸟。七：虚数，言幼鸟之多。仪：言行，态度。结：坚固，贞定。带：腰带。伊：是。此句谓贵族的腰带是以素丝制成。弁（biàn）：穿通常礼服时戴的一种帽子。骐：有青黑色花纹的马，这里泛指青黑色。忒（tè）：偏差，差误。正：官长，领导。胡：何。

下泉

下泉

洌彼下泉，浸彼苞稂。忾我寤叹，念彼周京。

洌彼下泉，浸彼苞萧。忾我寤叹，念彼京周。

洌彼下泉，浸彼苞蓍。忾我寤叹，念彼京师。

芃芃黍苗，阴雨膏之。四国有王，郇伯劳之。

有感于大国强国侵凌小国弱国，诗人慨叹王室的衰微，怀念昔日的明君贤臣。

洌：寒凉。下泉：地下泉水。苞：丛生。稂 (láng)：长穗而不结籽实的禾。忾 (kài)：叹息。寤：不睡，醒着。周京：周天子所在的都城。萧：蒿草。蓍 (shī)：蓍草，丛生，一本多茎。芃芃：茂盛的样子。膏：脂油，这里有滋润之意。郇 (xún) 伯：即荀伯。鲁昭公二十二年（前520年），王子朝作乱，晋文公派大夫荀跞领兵平乱，护卫周敬王入成周而为天子。劳：勤劳，操劳。

豳风

周人的先祖公刘率族人迁居于豳，并在此立国，修建房舍，从事农耕，发展生产。豳，亦作“邠”，在今陕西旬邑西。这里的人们有先王遗风，好稼穑，以农桑为本，故而诗作对农事言说甚为详备。

《豳风》共七篇。有些作品产生在周人兴起的旧国故地，时间较早；还有些是周公东征时期的作品，以及相传为周公本人的作品，为西周前期的作品。

七月

七月

七月流火，九月授衣。一之日觱发，二之日栗烈。
无衣无褐，何以卒岁？三之日于耜，四之日举趾。
同我妇子，馌彼南亩。田畯至喜。
七月流火，九月授衣。春日载阳，有鸣仓庚。
女执懿筐，遵彼微行，爰求柔桑。春日迟迟，
采蘩祁祁。女心伤悲，殆及公子同归。

这是一首堪称典范的农事诗，叙一年四季的劳作过程和生活情形，写民生之多艰，述王业之不易。

七月：夏历七月。流：星星在天空中向下移动。火：星名，又名大火，即心宿二。授衣：让妇女制备冬衣。一之日：夏历十一月。觱发（bìbō）：寒风触物有声。二之日：夏历十二月。栗烈：凓冽，寒气凛冽。褐：粗麻布短衣，地位低贱者之服。三之日：夏历正月。于：拿出修理。耜（sì）：用来翻土的农具。四之日：夏历二月。举趾：犹举足，意谓开始春耕。同：会同，聚集。馌（yè）：给在田间劳作的人送饭。田畯（jùn）：田官，监督管理农事生产活动。至：致，分发。喜：通“饎”，饭食。春日：夏历三月。载：则。阳：温暖，天气暖和。仓庚：黄莺。懿：深且美。遵：沿着。微行：小径。爰（yuán）：于是。蘩：白蒿，养蚕之用。祁祁：众多。殆：怕。同归：意谓被强行带走。

七月流火，八月萑苇。蚕月条桑，取彼斧斨。
以伐远扬，猗彼女桑。七月鸣鵙，八月载绩。
载玄载黄，我朱孔阳，为公子裳。

四月秀葽，五月鸣蜩。八月其获，十月陨萚。
一之日于貉，取彼狐狸，为公子裘。二之日其同，
载缵武功。言私其豵，献豜于公。

萑（huán）苇：荻草和芦苇，这里意谓收割荻、苇。蚕月：夏历三月。条：通“挑”，修剪。斨（qiāng）：方形柄孔的斧子。远扬：过高的枝条。猗：通“掎”，以手牵拉。女桑：嫩小的桑树。鵙（jú）：鸟名，即伯劳鸟。绩：纺织。载：语助词，无实义。阳：颜色鲜亮。秀：抽穗结实。葽（yāo）：葽草，即远志，可入药。蜩（tiáo）：蝉。获：收获庄稼。陨：凋零落下。萚（tuò）：草木的叶皮掉脱落地。于：前往，猎取。貉：形似狐，尾较短，皮毛贵重。同：会合，一起田猎。缵（zuǎn）：继续。武功：这里指田猎活动。言：语首助词。私：个人猎取。豵（zōng）：不满一岁的小猪，泛指小兽。豜（jiān）：三岁的大猪，泛指大兽。

五月斯螽动股，六月莎鸡振羽。七月在野，八月
在宇，九月在户，十月蟋蟀入我床下。穹窒熏鼠，
塞向墐户。嗟我妇子，曰为改岁，入此室处。

六月食郁及薁，七月亨葵及菽。八月剥枣，十月
获稻。为此春酒，以介眉寿。七月食瓜，八月断壶，
九月叔苴，采茶薪樗。食我农夫。

• 斯螽（zhōng）：亦作“螽斯”，蚱蜢。• 股：大腿。• 莎鸡：虫名，即纺织娘。• 宇：这里谓屋檐之下。• 户：这里谓户内。• 穹：穷尽，这里意谓打扫。• 窒：堵塞。• 熏鼠：以烟熏的方式把老鼠赶走。• 向：朝北的窗户。• 墐（jìn）户：用泥涂抹房门，弥合缝隙以御风寒。• 改岁：过年。• 处：居住，栖息。• 郁：郁李，亦称棠棣，味酸甜。• 薁（yù）：野葡萄。• 亨：同“烹”，煮。• 葵：冬葵，古人最常食用的蔬菜之一。• 菽：大豆。• 剥：通“扑”，敲打以收获。• 春酒：以大枣、稻谷酿酒，冬酿而春熟，故称春酒。• 介：助长，帮助。• 眉寿：年老之时，眉毛会有几根长得特别长，是长寿的象征，故称。• 断：弄断蔓以采摘。• 壶：通“瓠”，葫芦。• 叔：拾取。• 苴（jū）：麻籽。• 茶：苦菜。• 薪：砍取以为薪柴。• 樗（chū）：臭椿树。• 食（si）：喂养，养活。

九月筑场圃，十月纳禾稼。黍稷重穋，禾麻菽麦。
嗟我农夫，我稼既同，上入执宫功。昼尔于茅，
宵尔索绹，亟其乘屋，其始播百谷。
二之日凿冰冲冲，三之日纳于凌阴。四之日其蚤，
献羔祭韭。九月肃霜，十月涤场。朋酒斯飨，
曰杀羔羊，跻彼公堂。称彼兕觥，万寿无疆！

•场：秋天会把菜园子平整为晒打粮食的空地。•圃：菜园子。•重：通“穜”，禾谷早种晚熟。•穋（lù）：禾谷晚种早熟。•同：聚拢，会集。•上：同“尚”，还要。•执：执行，这里指服役。•宫功：修建宫舍。•尔：语助词。•于：取。•宵：夜晚。•索：搓拧成绳索。•绹（táo）：绳。•亟：急，赶紧。•乘：登上。•冲冲：凿冰声。•凌阴：贮冰的地窖。•蚤：同“早”。•肃霜：即“肃爽”，秋天气候清明爽朗。•涤场：即“涤荡”，寒风吹过枝叶摇落。•朋酒：两樽酒。•斯：语助词。•飨（xiǎng）：乡人年终聚在一起饮酒。•跻：登，升。•称：举，高举。•兕觥（sìgōng）：状如伏着的兕牛的酒器。兕，野兽，如野牛而青。

鸱鸮

鸱鸮

鸱鸮鸱鸮，既取我子，无毁我室。恩斯勤斯，
鬻子之闵斯。
迨天之未阴雨，彻彼桑土，绸缪牖户。今女下民，
或敢侮予？
予手拮据，予所捋荼。予所蓄租，予口卒瘏，
曰予未有室家。
予羽谯谯，予尾翛翛，予室翘翘。风雨所漂摇，
予维音哓哓！

这是一首假托禽鸟的寓言诗。哀哀呼告，真可谓情真意切，又不失理致。

• 鸱鸮（chīxiāo）：猫头鹰，古人认为是贪恶之鸟，这里喻坏人。• 恩：或作“殷”，殷勤，辛劳抚育子女。• 斯：语助词。• 鬻（yù）：通“育”，养育。• 闵：忧虑，担心。• 迨（dài）：及，趁着。• 彻：通“撤”，剥取。• 桑土：亦作“桑杜”，桑根。• 拮据：手太过劳累而僵硬，不能屈伸自如。• 荼：芦苇茅草的花穗。• 租：通“蒩”，干草。• 卒瘏（tú）：劳累致病。卒，通“悴”。• 谯谯：羽毛稀疏枯焦。• 翛翛：羽毛凋敝残破。• 翘翘：高耸且危险。• 维：发语词。• 哓哓：因恐惧而惊叫。

东山

东山

我徂东山，慆慆不归。我来自东，零雨其濛。
我东曰归，我心西悲。制彼裳衣，勿士行枚。
蜎蜎者蠋，烝在桑野。敦彼独宿，亦在车下。

我徂东山，慆慆不归。我来自东，零雨其濛。
果蠃之实，亦施于宇。伊威在室，蠨蛸在户。
町畽鹿场，熠耀宵行。亦可畏也，伊可怀也。

东征的士兵要回家了，诗歌描绘归途的境况，表达出对故园和家人的思念之情。

徂（cú）：往，前往。慆慆：长久。零雨：雨徐徐而降落。濛：微雨，细雨。士：同“事”，从事。行：行军打仗。枚：形如筷，人和马衔在口中，防止喧哗和嘶鸣。蜎蜎：屈曲蠕动。蠋（zhú）：像蚕一样的青色虫子。烝：久。敦（duī）：身体蜷缩成一团。果蠃（luǒ）：即栝楼、瓜蒌，葫芦科植物，果实卵圆可食用，可入药。施（yì）：蔓延。宇：房檐。伊威：亦作“蛜蝛”，生活在阴暗潮湿处的小虫子，俗称“地鸡”“地鳖虫”“地虱婆”。蠨蛸（xiāoshāo）：喜蛛，一种长脚小蜘蛛。町畽（tǐngtuǎn）：屋旁空地，有禽兽践踏的痕迹。熠耀：闪耀发光。宵行：萤火虫。

我徂东山，慆慆不归。我来自东，零雨其濛。

鹳鸣于垤，妇叹于室。洒扫穹窒，我征聿至。

有敦瓜苦，烝在栗薪。自我不见，于今三年。

我徂东山，慆慆不归。我来自东，零雨其濛。

仓庚于飞，熠耀其羽。之子于归，皇驳其马。

亲结其缡，九十其仪。其新孔嘉，其旧如之何？

• 鹳（guàn）：形似白鹤的水鸟。• 垤（dié）：土堆。• 穹窒：将房舍的空隙堵塞。• 我征：我的征人，这里以妻子的口吻称呼自己。• 聿：语助词。• 有敦（tuán）：犹“敦敦”，言其圆。• 瓜苦：苦瓜。• 烝：犹“曾”。• 栗薪：杂乱堆积的薪柴。• 仓庚：黄莺。• 皇：通“騜”，毛色黄白相杂的马。• 驳：毛色红白的马。• 缡：佩巾。女子出嫁，母亲要亲自给出嫁的女儿系上佩巾。• 九十：虚数，言结婚礼仪繁多。• 新：新婚。• 孔：甚，很。• 嘉：美满。• 旧：这里谓夫妻久别。

破斧

33

前 484 年，孔子回到鲁国，已年近七十，自叹："甚矣吾衰也，久矣吾不复梦见周公。"如此地魂牵梦绕，可见周公在孔子心目中的地位。史家认为在孔子之前，黄帝之后，于中国有大关系者，周公一人而已。的确，周公有其位，又有其德，创制辉煌灿烂的礼乐文化，而孔子生于鲁国，长于鲁国，且鲁国又是周公的封国，他终其一生以恢复礼乐制度为己任，述周公之训。孔子老了，年事已衰，自知难以复兴周礼，故而衰叹之。

破斧

既破我斧，又缺我斨。周公东征，四国是皇。
哀我人斯，亦孔之将。

既破我斧，又缺我锜。周公东征，四国是吪。
哀我人斯，亦孔之嘉。

既破我斧，又缺我銶。周公东征，四国是遒。
哀我人斯，亦孔之休。

纣王之子武庚等人在殷商旧地发动叛乱，周公领兵东征，三年而定天下。随周公东征的将士，在诗中表达出庆幸生还的喜悦之情。

• 缺：残破，有了缺口。• 斨（qiāng）：方孔的斧。• 四国：这里指以管、蔡、商、奄为代表的叛乱诸国。• 皇：通“惶”，惶恐。• 哀：哀怜。• 斯：语助词。• 孔：甚，表程度。• 将：大。此句颂美周公哀我民人，其德甚大。• 锜（qí）：凿类兵器。• 吪：感化，教化。• 嘉：美善。• 銶（qiú）：凿柄。或以为是独头斧。• 遒：稳固，安定。• 休：美好。

伐柯

伐柯

伐柯如何？匪斧不克。取妻如何？匪媒不得。

伐柯伐柯，其则不远。我觏之子，笾豆有践。

诗人以伐柯必须有斧头为喻，央告媒人来为自己撮合婚姻。

• 柯：斧柄。• 匪：通“非”。• 克：能够。• 取：通“娶”。• 则：准则，榜样。• 觏（gòu）：遇见。• 笾（biān）：竹制器具，祭祀、宴会时用来盛果品。• 豆：古时盛食物的器皿，形如高脚盘。

传统上有“礼不下庶人”之说。这是一种古老的执礼观念，即不必苛求平民百姓去讲究繁缛的礼仪。西周时期的礼乐文化主要在贵族社会阶层推行，而所谓的庶人指称的是西周时的农业生产者，他们在春秋时期地位在“士”之下，又在工商皂隶之上。这些无官爵的平民忙于生产，缺财少物，故而一些礼仪礼节不会向下施行到这个阶层。

九罭

九罭之鱼，鳟鲂。我觏之子，衮衣绣裳。

鸿飞遵渚，公归无所，于女信处。

鸿飞遵陆，公归不复，于女信宿。

是以有衮衣兮，无以我公归兮，无使我心悲兮。

这是一首留客诗。客人很尊贵，主人设盛宴，表达出殷殷的挽留之情。

• 九：虚数。• 罭（yù）：细眼鱼网。• 鳟鲂（fáng）：两种较大的鱼。• 觏（gòu）：见，遇合。• 衮衣：王公所穿的绣以龙纹的上衣。• 绣裳：绣有五彩花纹的下裳。衮衣和绣裳均为贵族礼服。• 鸿：鸿鹄，一种大鸟。• 遵：沿着。• 渚：水中沙洲。• 公：这里指客人。• 女：此地，这里指主人的家。• 信：连住两个晚上。• 处：居住。• 不复：不再回来。• 有：藏起来。把客人的华美礼服藏起来，示留客之殷切。• 以：使，让。

狼跋

狼跋

狼跋其胡，载疐其尾。公孙硕肤，赤舄几几。

狼疐其尾，载跋其胡。公孙硕肤，德音不瑕！

老狼进退维谷，反衬之下，公子王孙却是从容不迫，有圣德，有气度。按传统之见，这首诗是在颂美周公或成王。也有说法认为这是讽刺贵族公孙的诗。

跋：脚踩。胡：颔下的垂肉。载：同“再”，又，且。疐（zhì）：践踩。公孙：诸侯之孙，这里指贵族子弟。硕肤：心广体胖、德高望重的样子。硕，大；肤，肥胖。赤舄（xì）：贵族配礼服穿的赤色鞋，以金为饰。几几：鞋尖上翘弯曲。德音：言辞，这里引申为德行声名。瑕：瑕疵，过错。

图书在版编目（CIP）数据

绘诗经 / 呼葱觅蒜绘 ; 张敏杰编 . -- 长沙 : 湖南文艺出版社，2021.8
ISBN 978-7-5726-0211-5

Ⅰ. ①绘… Ⅱ. ①呼… ②张… Ⅲ. ①古体诗－诗集－中国－春秋时代 ②《诗经》－通俗读物 Ⅳ. ① I222.2

中国版本图书馆 CIP 数据核字（2021）第 103871 号

上架建议：文学・传统文化

HUI SHIJING
绘诗经

绘　　者：呼葱觅蒜
编　　者：张敏杰
出 版 人：曾赛丰
责任编辑：匡杨乐
监　　制：于向勇　刘　毅
策划编辑：陈晓梦　王莉芳
营销编辑：段海洋　王　凤
版式设计：梁秋晨
封面设计：沉清 Evechan
出　　版：湖南文艺出版社
（长沙市雨花区东二环一段 508 号　邮编：410014）
网　　址：www.hnwy.net
印　　刷：北京中科印刷有限公司
经　　销：新华书店
开　　本：787mm × 1092mm　1/16
字　　数：266 千字
印　　张：28.75
版　　次：2021 年 8 月第 1 版
印　　次：2021 年 8 月第 1 次印刷
书　　号：ISBN 978-7-5726-0211-5
定　　价：168.00 元

若有质量问题，请致电质量监督电话：010-59096394
团购电话：010-59320018